Nicola d'Antonio

ANALISI MATEMATICA 3

Per l'esame di maturità

Memory book

Edizioni Memory Book
corso Vittorio Emanuele, 133
casella postale 42
tel. 085/9063066 - 9066861
fax 085/9066861
66026 **ORTONA**

Progetto grafico e copertina a cura di Raimondo Pellizzari

Stampa: SO.GRA.TE - Città di Castello (PG)
Legatoria: Cartoedit - Città di Castello (PG)

PREFAZIONE

Questo manuale è stato pensato per raccogliere con un'esposizione pratica e scorrevole le problematiche fondamentali dell'analisi matematica senza la pretesa di fornire le dimostrazioni dei teoremi elencati, né di avere un carattere esaustivo della vasta materia esaminata.

Si tratta di un manuale da usare come strumento utile per impostare la risoluzione dei problemi e per affrontare le situazioni problematiche nell'ambito degli argomenti elaborati, ma anche di un contenitore che riassume in modo panoramico i concetti fondamentali dell'analisi matematica di base. Esso risulta, quindi, particolarmente indicato sia per la messa a punto di alcune questioni e per il ripasso degli argomenti trattati, sia soprattutto per la preparazione agli esami.

Gli otto capitoli si articolano in modo da coprire gli aspetti centrali dei temi discussi.

Si inizia con il concetto di limite di una successione, utilizzato anche per stabilire il carattere di una progressione geometrica, per passare successivamente all'analisi del comportamento di una funzione, sia per $x \to \infty$ *che per x che tende ad un valore finito* x_0.

Si passa poi al concetto di derivata e allo studio di funzione.

Gli ultimi capitoli sono dedicati alla teoria dell'integrazione indefinita, a quella dell'integrazione definita e al relativo utilizzo per la ricerca delle aree, delle lunghezze e dei volumi.

Nell'ottavo capitolo si riportano alcuni aspetti della problematica delle equazioni differenziali.

Tutti gli argomenti, illustrati da rappresentazioni grafiche, sono trattati in modo da fornire una casistica delle varie possibilità.

Il manuale riporta anche una serie di esempi che facilitano la comprensione degli algoritmi esposti e una serie di esercizi di verifica che potranno essere utili al lettore per valutare il proprio apprendimento.

Nicola d'Antonio

ALCUNI SIMBOLI MATEMATICI UTILIZZATI

Simbolo	Significato associato al simbolo
$\forall$	Ogni
$\exists$	Esiste
$\in$	Appartiene
∞	Infinito
$\rightarrow$	Implica, quindi, perciò, accade. Viene utilizzato anche nel concetto di limite come "tende a".
N	Insieme dei numeri naturali
Z	Insieme dei numeri interi
Q	Insieme dei numeri razionali
R	Insieme dei numeri reali
a.p.	arbitrariamente piccolo
:	tale che
a.g.	arbitrariamente grande

1 SUCCESSIONI NUMERICHE

1.1 Limite di una successione

Diremo che l'insieme $\{a_n\}$ è una successione infinita se esiste una legge f che associa, con una corrispondenza biunivoca, gli elementi dell'insieme dei numeri naturali N con gli elementi dell'insieme dato $\{a_n\}$. Si tratta di una legge che ha per dominio N e per codominio i valori assunti dai termini di $\{a_n\}$.

$$\{a_n\} = \{\, a_0 ,\, a_1 ,\, a_2 ,\, \ldots,\, a_n ,\, \ldots \}$$
$$\Updownarrow \quad \Updownarrow \quad \Updownarrow \qquad \Updownarrow$$
$$N = \{\, 0 \quad 1 \quad 2 \;\ldots\; n \;\ldots \}$$

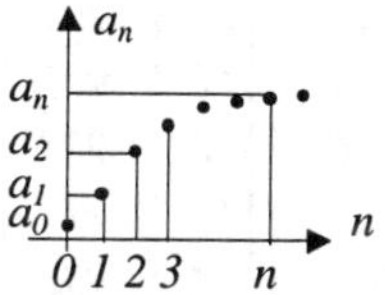

Esempio: $\{2n^2 + 1\} = \{\, 1 ,\, 3 ,\, 9 ,\, 19 \ldots,\, 2n^2 + 1 ,\, \ldots \}$ (con a_n indicato da frecce sotto $2n^2 + 1$)

Note:

1. dalla costruzione dell'elemento generico a_n è possibile ricavare la legge di corrispondenza;
2. in qualche caso occorre escludere dal dominio alcuni valori dell'insieme N. Es: la successione $\{1/n\}$ non prevede l'elemento a_0.

Diremo che la successione $\{a_n\}$ **converge** al valore finito l se, per $\forall$ (ogni) quantità reale $\varepsilon > 0$ arbitrariamente piccola, $\exists$ (esiste) un numero naturale n_ε (in genere dipendente da ε) tale che, per $\forall\, n > n_\varepsilon$ accade $|a_n - l| < \varepsilon$. In questo caso scriveremo:

$$\lim_{n \to +\infty} a_n = l$$

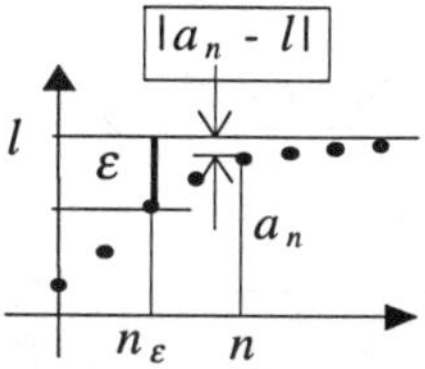

Esempi:

1) $$\lim_{n\to+\infty}\frac{2n+1}{n+1}=2$$

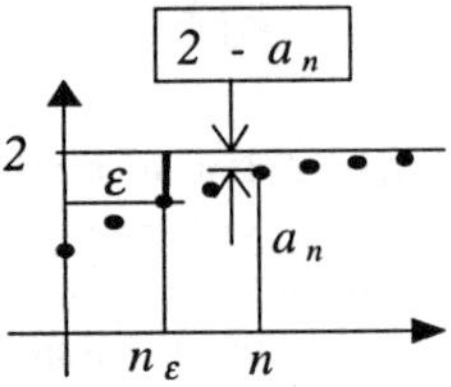

$$\left\{1,\frac{3}{2},\frac{5}{3},\frac{7}{4},\ldots,\frac{2n+1}{n+1},\ldots\right\}$$

La tabella riporta i primi *50* termini della successione

N	a_n	*N*	a_n	*N*	a_n	*N*	a_n	*N*	a_n
0	1	10	1,909	20	1,952	30	1,968	40	1,976
1	1,5	11	1,917	21	1,955	31	1,969	41	1,976
2	1,667	12	1,923	22	1,957	32	1,97	42	1,977
3	1,75	13	1,929	23	1,958	33	1,971	43	1,977
4	1,8	14	1,933	24	1,96	34	1,971	44	1,978
5	1,833	15	1,938	25	1,962	35	1,972	45	1,978
6	1,857	15	1,938	26	1,963	36	1,973	46	1,979
7	1,875	17	1,944	27	1,964	37	1,974	47	1,979
8	1,889	18	1,947	28	1,966	38	1,974	48	1,98
9	1,9	19	1,95	29	1,967	39	1,975	49	1,98

2) $$\lim_{n\to+\infty}\frac{2n+3}{n+1}=2$$

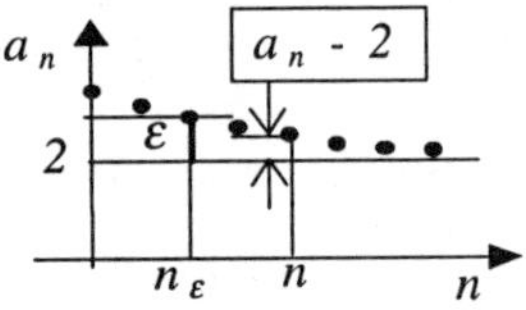

$$\left\{3,\frac{5}{2},\frac{7}{3},\frac{9}{4},\ldots,\frac{2n+3}{n+1},\ldots\right\}$$

3) $$\lim_{n\to+\infty}\frac{2n+3(-1)^n}{n+1}=2$$

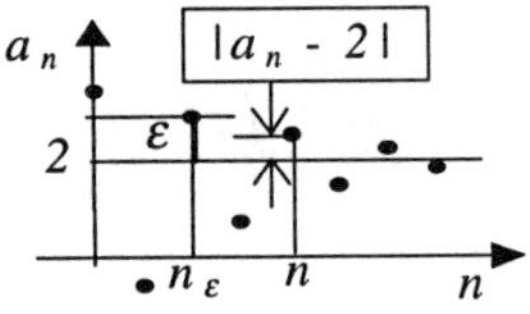

$$\left\{3,-\frac{1}{2},\frac{7}{3},\frac{3}{4},\ldots,\frac{2n+3(-1)^n}{n+1},\ldots\right\}$$

La successione $\{a_n\}$ si dice **positivamente divergente** se, per $\forall$ quantità reale $M > 0$, arbitrariamente grande, $\exists$ un numero naturale n_M tale che, per $\forall n > n_M$, accade $a_n > M$. In questo caso si ha:

$$\lim_{n \to +\infty} a_n = +\infty$$

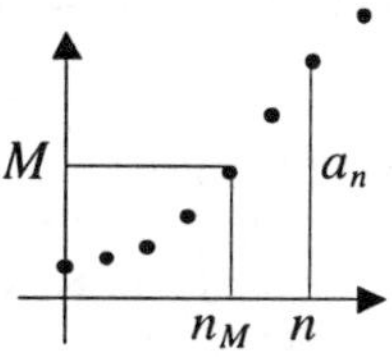

Esempio: $\{n^2 + 1\} = \{ 1 , 2 , 5 , 10 \ldots, n^2 + 1 , \ldots\}$

Si dice che una successione $\{a_n\}$ è **negativamente divergente** se, per $\forall$ quantità reale $M > 0$, arbitrariamente grande, $\exists$ un numero naturale n_M tale che, per $\forall n > n_M$ accade $a_n < -M$. In questo caso si usa scrivere:

$$\lim_{n \to +\infty} a_n = -\infty$$

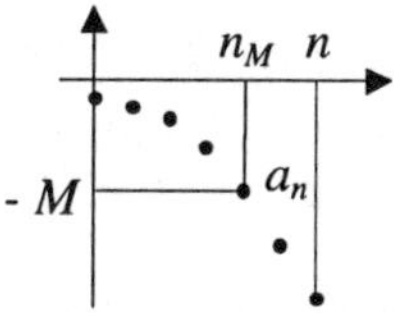

Esempio: $\{-n^2 - 1\} = \{ -1 , -2 , -5 , -10 \ldots, -n^2 - 1 , \ldots\}$

Diremo che una successione $\{a_n\}$ è **divergente** se, per $\forall$ quantità reale $M > 0$, arbitrariamente grande, $\exists$ un numero naturale n_M tale che, per $\forall n > n_M$, accade $|a_n| > M$. Si scriverà:

$$\lim_{n \to +\infty} a_n = \infty$$

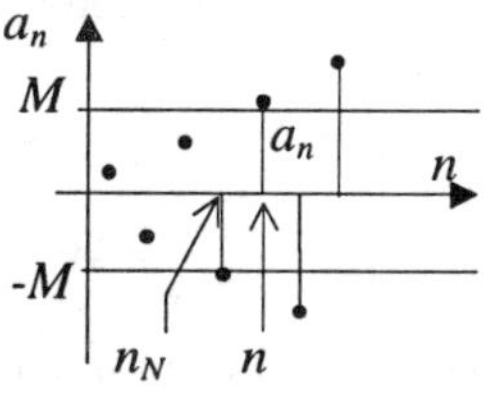

Esempio: $\{(-2)^n + 4\} = \{ 5 , 2 , 8 , -4 \ldots, (-2)^n + 4, \ldots\}$

In questo caso la successione può essere formata da termini che acquistano sia valori positivi che negativi ma che comunque divergono in valore assoluto.
Una successione $\{a_n\}$ si dice **indeterminata** se non è né convergente né divergente.

1.2 Il numero di Nepero

La successione $\{(1+1/n)^n\} = \{2,\ 9/4,\ 64/27,\ 625/256,\ \dots,\ (1+1/n)^n,\ \dots\}$ converge al numero e di Nepero. Tale numero ha un ruolo importantissimo in matematica. Si tratta di un numero trascendente che, come nel caso di π, non può essere ottenuto come radice di equazioni algebriche a coefficienti interi o razionali di qualsiasi grado

$$\lim_{n \to +\infty} \left(1 + \frac{1}{n}\right)^n = e \cong 2{,}718281828\dots$$

1.3 Progressione aritmetica

La successione $\{a_n\} = \{a_1, a_2, \dots, a_n, \dots\}$ è una progressione aritmetica se per ogni $n > 0$ accade

$$a_{n+1} - a_n = d = \textbf{\textit{ragione}} = cost.$$

Sono valide le relazioni: $a_n = a_1 + (n-1)\,d \quad \rightarrow \quad d = \dfrac{a_n - a_1}{n-1}$

In generale $a_m = a_p + (m-p)\,d$

dove a_m ed a_p sono due elementi generici della progressione.

Esempi:

$$\{1, 3, 5, 7, 9, \dots, 2n+1, \dots\} \quad \text{con } d = 2$$

$$\left\{\frac{1}{2}, \frac{3}{2}, \frac{5}{2}, \frac{7}{2}, \dots, n + \frac{1}{2}, \dots\right\} \quad \text{con } d = \frac{1}{2}$$

In una progressione aritmetica finita di N elementi la somma dei termini equidistanti dagli estremi è costante:

$$a_1 + a_N = 2S/N$$

$$a_2 + a_{N-1} = 2S/N$$

$$a_1,\ a_2,\ a_3,\ \ldots\ldots\ldots\ldots\ a_{N-2},\ a_{N-1},\ a_N$$

$$a_3 + a_{N-2} = 2S/N \quad ecc.$$

Dove S è la somma dei primi N termini

$$S = \frac{a_1 + a_N}{2} N = \left(a_1 + \frac{N-1}{2} d \right) N$$

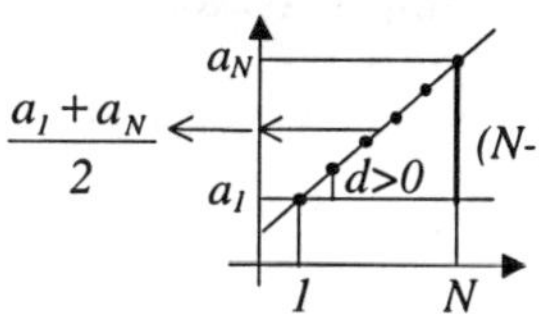

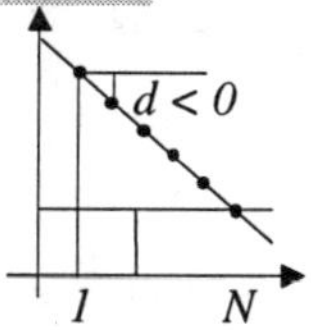

Esempi:

2 + 12 = 14

4 + 10 = 14

2 4 6 8 10 12

6 + 8 = 14 $\quad S = 42$

2 + 10 = 12

4 + 8 = 12

2 4 6 8 10

$S = 30$

Esercizi svolti

1) Trovare la somma dei primi *10* numeri appartenenti all'insieme dei numeri naturali *N*.

$$1 + 2 + 3 + 4 + 5 + 6 + 7 + 8 + 9 + 10 = (1 + 10)\ 10/2 = 55$$

2) Trovare la somma dei primi *1000* numeri appartenenti all'insieme dei numeri naturali *N*.

$$S_{1000} = \frac{1 + 1000}{2} 1000 = 500500$$

3) Data la progressione aritmetica {*7, 9, 11, 15, ...*} ricavare la legge *f* di corrispondenza che associa agli elementi dell'insieme dei numeri naturali *N* - {*0*} gli elementi della progressione.

Utilizzando la relazione $a_n = d\,(n\text{-}1) + a_1$
si ottiene $a_n = 2\,(n\text{-}1) + 7 \;\rightarrow\; a_n = 2n + 5$

4) Trovare la somma degli elementi della seguente progressione aritmetica $\{1, 4, 7, 10, \ldots, 3n\text{-}2, \ldots, 58\}$

Ricavando il numero degli elementi dalla relazione $3N\text{-}2 = 58$ si ha $N = 20$ e quindi $S_{20} = 20\,(1+58)/2 = 590.$

Nota : una progressione aritmetica con infiniti elementi e con $d \neq 0$ è sicuramente divergente.

$$\lim_{n \to +\infty} a_n = +\infty \quad (se\ d > 0), \qquad \lim_{n \to +\infty} a_n = -\infty \quad (se\ d < 0)$$

Nota: se $d = 0$ il segno della divergenza risulterà quello *di* $a_1 \Rightarrow \{a_n\} = \{a_1, a_1, a_1, \ldots, a_1, \ldots\}$

1.4 Progressione geometrica

Si tratta di una successione $\{a_n\} = \{a_1, a_2, \ldots, a_n, \ldots\}$ che per ogni $n > 0$ gode della proprietà

$a_{n+1} / a_n = q = \textbf{\textit{ragione}} = cost.$

Risultano valide le relazioni: $a_n = a_1\, q^{\,n-1} \;\rightarrow\; q = \sqrt[n-1]{\dfrac{a_n}{a_1}}$

In generale $a_m = a_p\, q^{\,m-p}$

dove a_m ed a_p sono due elementi generici della successione.
Al variare di q si possono avere i seguenti casi:

se $q > 1$	$\rightarrow$	la progressione è crescente;
se $q = 1$	$\rightarrow$	la progressione è costante $\{a_1, a_1, \ldots, a_1, \ldots\}$
se $0 < q < 1$	$\rightarrow$	la progressione è decrescente;
se $-1 < q < 0$	$\rightarrow$	la progressione, composta di termini con segni alterni, decresce in valore assoluto;
se $q = -1$	$\rightarrow$	la progressione è $\{a_1, -a_1, a_1, -a_1, \ldots\}$
se $q < -1$	$\rightarrow$	la progressione, composta di termini con segni alterni, cresce in valore assoluto;

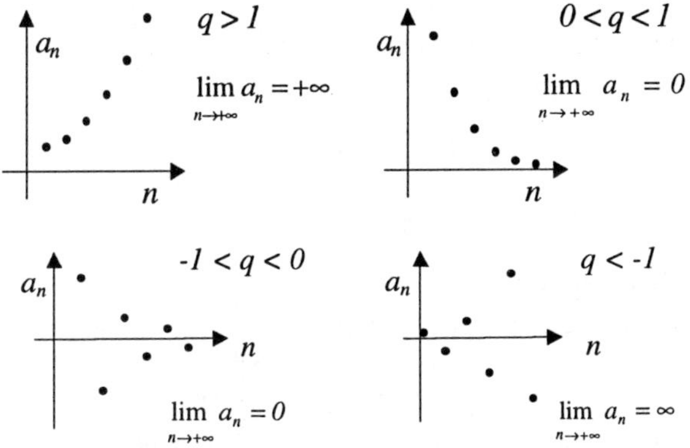

Se $q \neq 1$ la somma S_N di N termini della successione risulta

$$S_N = a_1 + a_2 + \ldots + a_N = a_1 (1 + q + q^2 + q^3 + \ldots + q^{N-1}) =$$

$$\Rightarrow \quad S_N = a_1 \frac{1-q^N}{1-q}$$

In una progressione geometrica finita di N elementi il prodotto dei termini equidistanti è costante

$$a_1\ a_N = P_N^{2/N}$$

$$a_2\ a_{N-1} = P_N^{2/N}$$

$$a_1, a_2, a_3, \ldots\ldots\ldots\ldots a_{N-2}, a_{N-1}, a_N$$

$$a_3\ a_{N-2} = P_N^{2/N} \quad ecc.$$

dove P_N è il prodotto degli N termini.

$$P_N = \sqrt{(a_1 \cdot a_N)^N} = a_1^N \sqrt{q^{N(N-1)}}$$

Esempio:

$1 \cdot 32 = 32$

$2 \cdot 16 = 32$

$1 \quad 2 \quad 4 \quad 8 \quad 16 \quad 32$ $\qquad q = 2$

$4 \cdot 8 = 32 \qquad P_N = 32768$

1.5 Serie geometrica

Chiameremo serie associata ad una successione $\{a_n\}$ il simbolo

$$a_1 + a_2 + \ldots + a_n + \ldots = \sum_{i=1}^{+\infty} a_i$$

Data la successione di partenza $\{a_n\}$ è possibile costruire una successione $\{s_n\}$ che ha per termini le **somme parziali** degli elementi di $\{a_n\}$:

$\{s_n\} = \{\, a_1,\ a_1 + a_2,\ a_1 + a_2 + a_3,\ \ldots,\ a_1 + a_2 + \ldots + a_n,\ \ldots \}$.

Diremo che la serie data converge ad S se il limite

$$S = \lim_{n \to +\infty} s_n = \sum_{i=1}^{+\infty} a_i$$

è finito. In questo caso S rappresenta la **somma della serie**.

Il **carattere** della serie può essere così riassunto:

- ***convergente*** *(se il limite è finito);*
- ***divergente*** *(se il limite è $+\infty$ o $-\infty$);*
- ***indeterminato*** *(se risulta indeterminata $\{s_n\}$).*

Ad una progressione geometrica si associa una serie che ha somme parziali del tipo:

$s_n = a_1\,(1 + q + q^2 + q^3 + \ldots + q^{n-1})$

Il valore di q decide il carattere della serie:

- per $-1 < q < 1$ la serie converge alla somma $S = a_1 \dfrac{1}{1-q}$

accade infatti $\lim\limits_{n\to+\infty} a_1 \dfrac{1-q^n}{1-q} = a_1 \dfrac{1}{1-q}$

- per $q \geq 1$ la serie è divergente $\lim\limits_{n\to+\infty} s_n = +\infty$
- per $q < -1$ la serie, pur essendo oscillante, a causa dei termini con segni alterni, risulta divergente $\lim\limits_{n\to+\infty} s_n = \infty$.
- per $q = -1$ *la serie è indeterminata.*

ESERCIZIO SVOLTO

Trovare la somma S_4 dei primi quattro quadrati e quella S degli infiniti quadrati ottenuti partendo da $ABCD$ di lato $l_1 = l$ e costruendo i successivi quadrati con la condizione $l_{n+1} = 1/2\ l_n$.

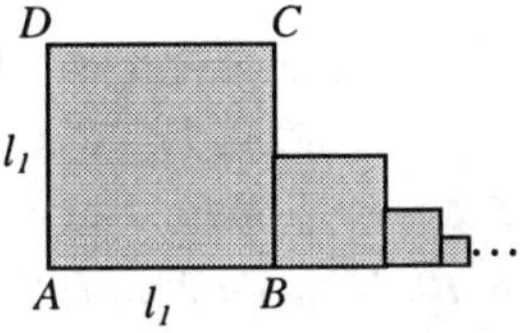

Scrivere i primi quattro elementi della successione e trovare la legge f di corrispondenza con l'insieme dei numeri naturali N.

Il generico quadrato avrà area $A_n = l_n^2$ e quindi dovrà essere valida la relazione $A_{n+1} = l_{n+1}^2 = 1/4\ \ l_n^2 = 1/4\ A_n \rightarrow$ si tratta di una progressione geometrica con ragione $q = 1/4$.
Risultano quindi individuati i primi elementi e, di conseguenza, la legge di corrispondenza f

$$\left\{ l^2, \frac{l^2}{4}, \frac{l^2}{16}, \frac{l^2}{64}, \ldots, l^2 \left(\frac{1}{4}\right)^{n-1}, \ldots \right\}$$

Applicando le relazioni studiate si possono ottenere i dati cercati

$$S_4 = l^2 \frac{1-\left(\frac{1}{4}\right)^4}{1-\frac{1}{4}} = \frac{85}{64} l^2 \approx 1.328\ l^2$$

$$S = l^2 \frac{1}{1-\frac{1}{4}} = \frac{4}{3} l^2 = 1.\overline{3}\ l^2$$

Si noti che la somma dei primi 4 quadrati copre quasi tutta l'area interessata dalla progressione.

Esercizi di verifica

Nota: gli esercizi sulla ricerca del limite di una successione numerica si trovano alla fine del secondo capitolo.

Date le progressioni aritmetiche ricavare la legge f di corrispondenza che associa agli elementi dell'insieme dei numeri naturali N - $\{0\}$ gli elementi delle progressioni.

1) $\{4, 5, 6, 7, ...\}$; **2)** $\{12, 14, 16, 18, ...\}$;

3) $\{6, 2, -2, -6, ...\}$; **4)** $\{1, 4, 7, 10, ...\}$;

5) $\{5, 0, -5, -10, ...\}$; **6)** $\{3/2, 2, 5/2, 3, ...\}$;

7) $\{-7/2, -5, -13/2, -8, ...\}$; **8)** $\{-10/3, -8/3, -2, -4/3, ...\}$.

Trovare la somma degli elementi delle progressioni aritmetiche:

9) $\{5, 7, 9, 11,..., 2n+3,..., 63\}$;

10) $\{2, 5, 8, 11,..., 3n-1, ..., 47\}$;

11) $\{2, 6, 10, 14,..., 4n-2,..., 198\}$;

12) $\{97, 94, 91, 88,..., -3n+100, ..., 40\}$;

13) $\{28, 26, 24, 22,..., -2n+30,..., 0\}$;

14) Trovare la somma degli infiniti triangoli rettangoli - isosceli ottenuti partendo da ABC di cateto $l_1 = l$ e costruendo i successivi triangoli con la condizione $l_{n+1} = 2/3\ l_n$.

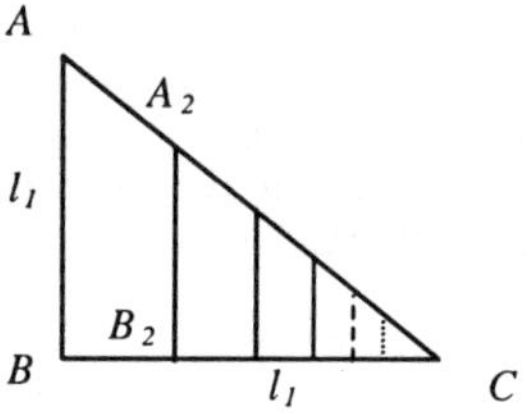

15) Data la progressione geometrica $\{1/2, 1/4, 1/8, 1/16,...\}$ di ragione $1/2$ ricavare la legge f che associa al generico elemento di N l'elemento a_n della progressione e dimostrare che la serie associata alla progressione converge a 1.

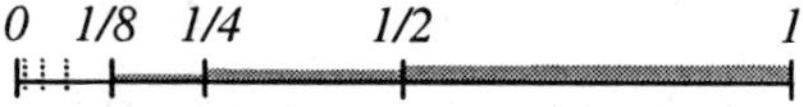

16) Data la progressione geometrica composta da una successione di cerchi con la condizione che impone ad ogni cerchio un raggio metà di quello che lo precede, trovare la somma delle infinite aree così ottenute sapendo che $r_1 = r$ (raggio del cerchio più grande).

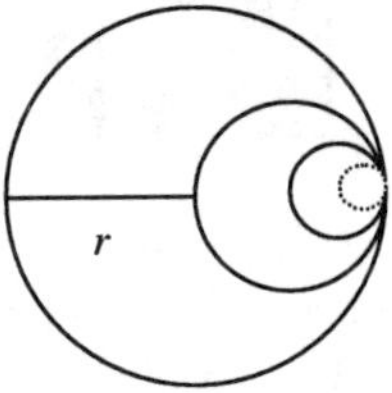

Soluzioni

1) $n+3$ **2)** $2n+10$ **3)** $-4n+2$ **4)** $3n-2$

5) $-5n+10$ **6)** $n/2+1$ **7)** $-3/2\,n-2$ **8)** $2/3\,n-4$

9) $N = 30$, $S_{30} = 30\,(5+63)/2 = 1020$

10) $N = 16$, $S_{16} = 16\,(2+47)/2 = 392$

11) $N = 50$, $S_{50} = 50\,(2+198)/2 = 5000$

12) $N = 20$, $S_{20} = 20\,(97+40)/2 = 1370$

13) $N = 15$, $S_{15} = 15\,(28+0)/2 = 210$

14) $A_1 = l_1^2/2, A_2 = l_2^2/2, A_3 = l_3^2/2, \ldots, A_n = l_n^2/2$, ...in generale si ha $A_{n+1} = l_{n+1}^2/2 \Rightarrow A_{n+1} = 4/9\,A_n$. Si tratta di una progressione geometrica di ragione $q = 4/9$ e quindi

$$S = \frac{l^2}{2}\frac{1}{1-\frac{4}{9}} = \frac{9}{10}l^2$$

(inferiore al quadrato di lato l!)

15) Dovendo essere $a_n = a_1\,q^{n-1}$ si ottiene $a_n = 1/2\,(1/2)^{n-1}$ e quindi

$$S = \frac{1}{2}\frac{1}{1-\frac{1}{2}} = 1$$

16) In questo caso si ha $A_n = \pi\, r_n^2$, $A_{n+1} = \pi\, r_{n+1}^{\ 2} = \pi\, r_n^2/4 = A_n/4$. Si tratta di una progressione geometrica di ragione $q = 1/4$.

$$S = \pi\, r^2\,\frac{1}{1-\frac{1}{4}} = \frac{4}{3}\pi\ r^2$$

(1/3 della superficie di una sfera di raggio r!)

2 LIMITI DI UNA FUNZIONE

2.1 Elementi introduttivi

Dati due numeri reali a e b, con $a < b$, chiameremo ***intervallo** I **limitato inferiormente e superiormente*** l'insieme dei numeri reali compresi tra a e b (maggiori di a e minori di b).
Il numero a verrà chiamato ***estremo inferiore*** dell'intervallo e quello b ***estremo superiore***.
Diremo che un numero m appartenente ad I è un ***minimo*** *in I* se $m < x$ *per* $\forall\, x \in I$ *e diverso da m.* In modo analogo un numero M è un ***massimo*** *in I* se $M > x$ *per* $\forall\, x \in I$ *e diverso da M.*
La figura fornisce l'immagine cartesiana di I.

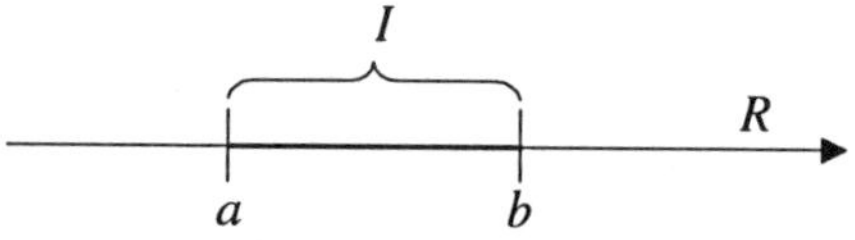

Si possono distinguere *4* casi:

- intervallo ***aperto*** $I = (a, b) \rightarrow I = \{\, x \mid x \in R,\ a < x < b\};$

in questo caso gli estremi non appartengono all'insieme e quindi I non presenta né il massimo né il minimo;

- intervallo ***chiuso*** $I = [a, b] \rightarrow I = \{\, x \mid x \in R,\ a \leq x \leq b\};$

gli estremi appartengono all'insieme $\rightarrow$ $a = m$ e $b = M;$

- intervallo ***aperto a sinistra e chiuso a destra***

$$I = (a, b] \rightarrow I = \{\, x \mid x \in R,\ a < x \leq b\};$$

qui $a \notin I$, $b \in I$ e quindi l'insieme I non ha minimo ma ha come massimo $b = M;$

- intervallo ***aperto a destra e chiuso a sinistra***

$$I = [a, b) \rightarrow I = \{\, x \mid x \in R,\ a \leq x < b\};$$

in questo caso $a \in I$, $b \notin I$ e di conseguenza l'insieme I ha come minimo a ma non ha un massimo.

Un intervallo I si dice ***illimitato superiormente*** se non ha estremo superiore, ovvero se non esiste nessun numero reale superiore a tutti i numeri appartenenti ad I. Si possono distinguere due casi:

- ***intervallo aperto a sinistra***
$I = (a, \infty) = \{ x \mid x \in R, x > a\}$: $a \notin I \rightarrow$ l'insieme I non ha né minimo né massimo;

- ***intervallo chiuso a sinistra***
$I = [a, \infty) = \{ x \mid x \in R, x \geq a\}$: $a \in I \rightarrow$ l'insieme I, pur non avendo il massimo, ha come minimo il numero a.

L'intervallo I si dice ***illimitato inferiormente*** se non ha l'estremo inferiore, cioè se non esiste nessun numero reale inferiore a tutti i numeri appartenenti ad I. Distinguiamo i casi:

- ***intervallo aperto a destra***
$I = (-\infty, b) = \{ x \mid x \in R, x < b\}$: $b \notin I \rightarrow$ l'insieme I non ha né minimo né massimo;

- ***intervallo chiuso a destra***
$I = (-\infty, b] = \{ x \mid x \in R, x \leq b\}$: $b \in I \rightarrow$ l'insieme I non ha il minimo ed ha come massimo il numero b.

Un caso particolare si ha quando l'intervallo I coincide con l'insieme dei numeri reali R
$I = (-\infty, +\infty) = \{ x \mid x \in R\} \rightarrow$ l'insieme I non ha né minimo né massimo e risulta illimitato sia inferiormente che superiormente.
Chiameremo ***intorno completo*** I di un numero reale x_0 un intervallo aperto che contiene x_0. Diremo che l'intervallo è un ***intorno sinistro*** di x_0 se x_0 coincide con l'estremo superiore di I. Si ha un ***intorno destro*** quando x_0 coincide con l'estremo inferiore di I.

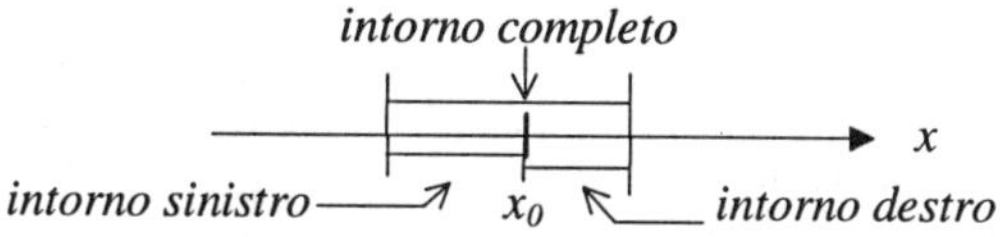

Diremo che I è un ***intorno di più infinito*** se fissato un numero reale a, opportunamente scelto, accade che $I = \{x \mid x \in R, x>a\} = (a,+\infty)$.

L'intervallo sarà un ***intorno di meno infinito*** se fissato un numero reale b si ha $I = \{x \mid x \in R, x < b\} = (-\infty, b)$.
Il punto $x_0 \in R$ si dice di ***accumulazione*** se ogni possibile intorno di x_0 possiede almeno un punto (e quindi infiniti punti) $\in R$ e diverso da x_0.
Un punto x_0 si dice ***interno*** ad un *dominio D* se esiste un intorno di x_0 fatto di tutti punti appartenenti a D, si dice ***esterno*** se esiste un intorno x_0 composto di tutti punti non appartenenti a D.

2.2 Limiti all'infinito

Nota introduttiva: il processo di limite all'infinito analizza il comportamento del valore che assume la funzione $f(x)$ (l'ordinata della funzione) man mano che l'ascissa tende all'infinito. Se il limite esiste si possono avere i seguenti casi:

$$\lim_{x\to+\infty} f(x) = \begin{cases} \to l \\ \to +\infty \\ \to -\infty \\ \to \infty \end{cases} \qquad \lim_{x\to-\infty} f(x) = \begin{cases} \to l \\ \to +\infty \\ \to -\infty \\ \to \infty \end{cases}$$

con $l \in R$

$$\lim_{x\to\infty} f(x) = \begin{cases} \to l \\ \to +\infty \\ \to -\infty \\ \to \infty \end{cases}$$

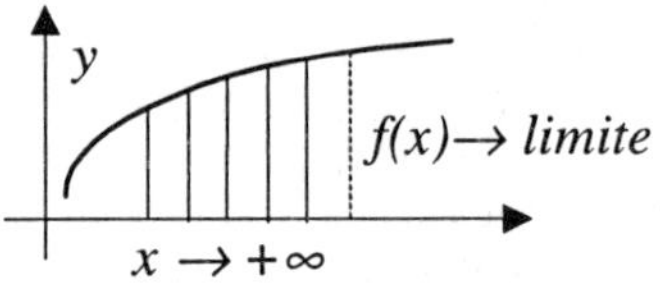

Si riporta, per ogni caso previsto, la definizione ed un esempio opportunamente rappresentato, in modo da semplificare la comprensione della definizione stessa.

Data una funzione $y = f(x)$ con dominio illimitato superiormente diremo che, per x che tende a $+\infty$, la $f(x)$:

- ha per limite finito l (con $l \in R$) e scriveremo

$$\lim_{x \to +\infty} f(x) = l$$

se scelto arbitrariamente piccolo *(a.p.)* una quantità reale $\varepsilon > 0$ esiste un numero $N_\varepsilon > 0$ tale che per ogni $x > N_\varepsilon$ accade $|f(x) - l| < \varepsilon$. La definizione può essere scritta in modo più compatto:

per ogni ↓ $\forall \varepsilon > 0$; *arbitrariamente piccolo* ↑ *a.p.*; *esiste* ↓ $\exists N_\varepsilon > 0$; *tale che* ↓ $:$; *per ogni* ↑ $\forall x > N_\varepsilon$; *accade* ↓ $\rightarrow |f(x) - l| < \varepsilon$.

$$\forall \varepsilon > 0 \ a.p. \ \exists N_\varepsilon > 0 : \forall x > N_\varepsilon \rightarrow |f(x) - l| < \varepsilon$$

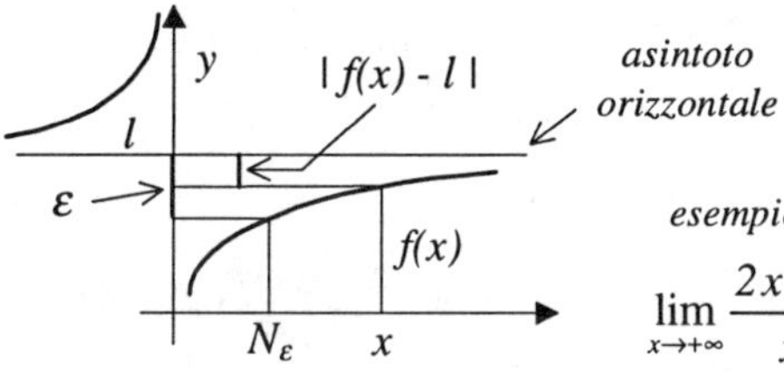

esempio: $l=2$

$$\lim_{x \to +\infty} \frac{2x - 1}{x} = 2$$

- ha per limite $+\infty$, e si usa scrivere $\lim_{x \to +\infty} f(x) = +\infty$, se

per ogni ↓ $\forall M > 0$; *arbitrariamente grande* ↑ *a.g.*; *esiste* ↓ $\exists N_M > 0$; *tale che* ↓ $:$; *per ogni* ↑ $\forall x > N_M$; *accade* ↓ $\rightarrow f(x) > M$.

$$\forall M > 0 \ a.g. \ \exists N_M > 0 : \forall x > N_M \rightarrow f(x) > M.$$

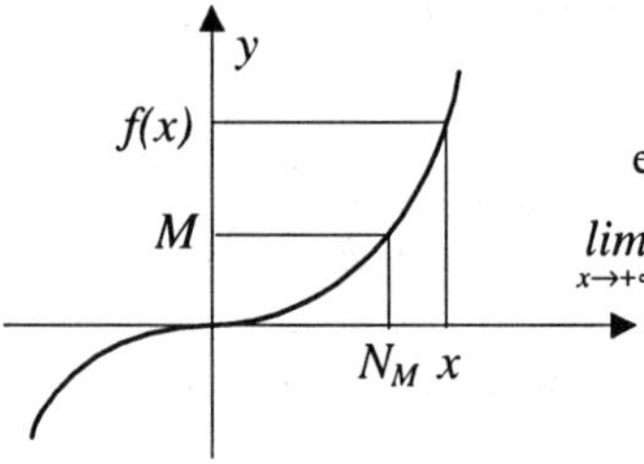

esempio

$$\lim_{x \to +\infty} x^3 = +\infty$$

- ha per limite -∞, e si scrive $\lim_{x \to +\infty} f(x) = -\infty$, se

$$\forall M > 0 \text{ a.g. } \exists N_M > 0: \forall x > N_M \rightarrow f(x) < -M.$$

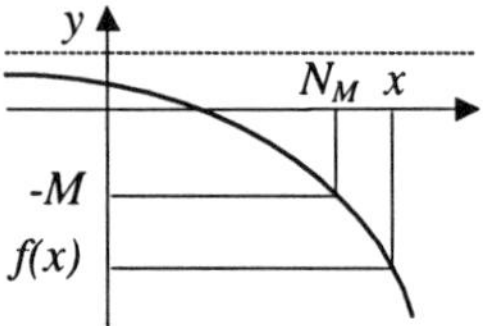

esempio

$$\lim_{x \to +\infty} \left(2 - e^x\right) = -\infty$$

- *ha per limite* ∞, e scriveremo $\lim_{x \to +\infty} f(x) = \infty$, se

$$\forall M > 0 \text{ a.g. } \exists N_M > 0: \forall x > N_M \rightarrow |f(x)| < M.$$

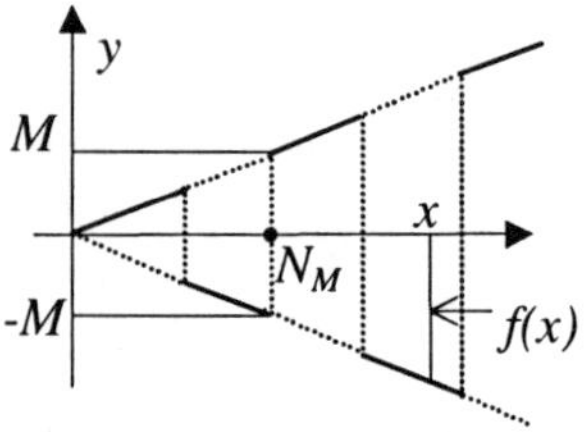

esempio

$$\lim_{x \to +\infty} \left[(-1)^{[x]} x\right] = \infty$$

dove $[x]$ è la parte intera di x.

Se la funzione $y = f(x)$ ha un dominio illimitato inferiormente diremo che, per x che tende a $-\infty$, $f(x)$:

- ha per limite l, e si usa scrivere $\lim_{x \to -\infty} f(x) = l$, se

$\forall \varepsilon > 0$ *a.p.* $\exists N_\varepsilon > 0$: $\forall x < -N_\varepsilon \rightarrow |f(x) - l| < \varepsilon$.

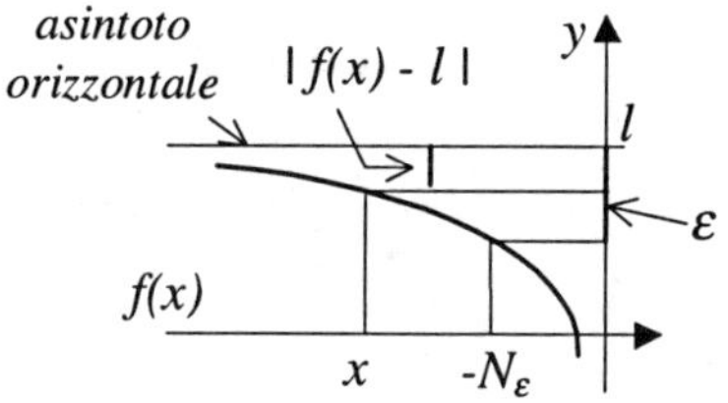

esempio: $l = 4$

$$\lim_{x \to -\infty} \frac{4x^3 + 1}{x^3} = 4$$

- ha per limite $+\infty$, e si scrive $\lim_{x \to -\infty} f(x) = +\infty$, se

$\forall M > 0$ *a.g.* $\exists N_M > 0$: $\forall x < -N_M \rightarrow f(x) > M$.

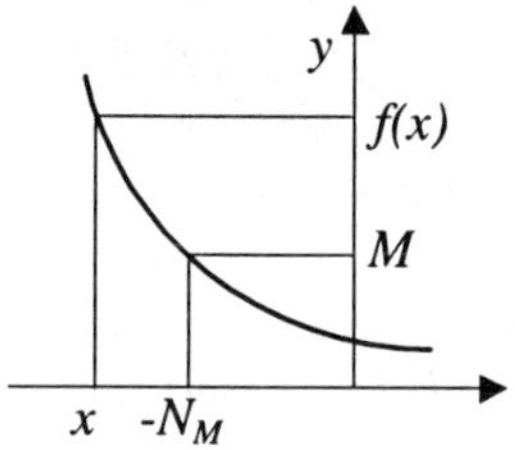

esempio

$$\lim_{x \to -\infty} e^{-x} = +\infty$$

- ha per limite $-\infty$, e si usa scrivere $\lim_{x \to -\infty} f(x) = -\infty$, se

$\forall M > 0$ *a.g.* $\exists N_M > 0$: $\forall x < -N_M \rightarrow f(x) < -M$.

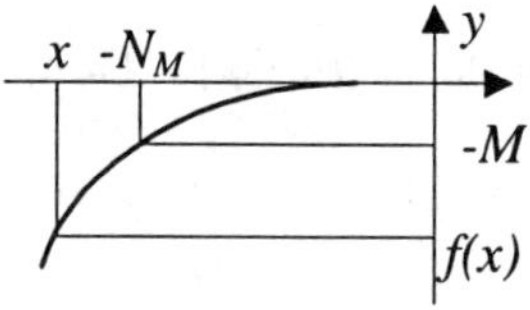

esempio

$$\lim_{x \to -\infty} x^5 = -\infty$$

- ha per limite ∞, e scriveremo $\lim_{x \to -\infty} f(x) = \infty$, se

$$\forall M > 0 \text{ a.g. } \exists N_M > 0: \forall x < -N_M \to |f(x)| > M.$$

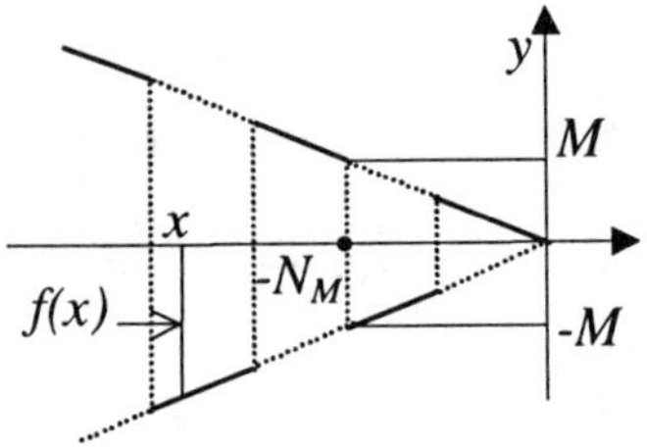

esempio

$$\lim_{x \to -\infty} (-1)^{[|x|]} |x| = \infty$$

dove $[|x|]$ è la parte intera del valore assoluto di x.

Se la funzione $y = f(x)$ risulta illimitata sia inferiormente che superiormente e se il limite per $x \to -\infty$ è uguale a quello per $x \to +\infty$ si può dire che, per x che tende a ∞, $f(x)$:

- ha per limite l, e si scrive $\lim_{x \to \infty} f(x) = l$, *se*

$$\forall \varepsilon > 0 \text{ a.p. } \exists N_\varepsilon > 0: \forall |x| > N_\varepsilon \to |f(x) - l| < \varepsilon.$$

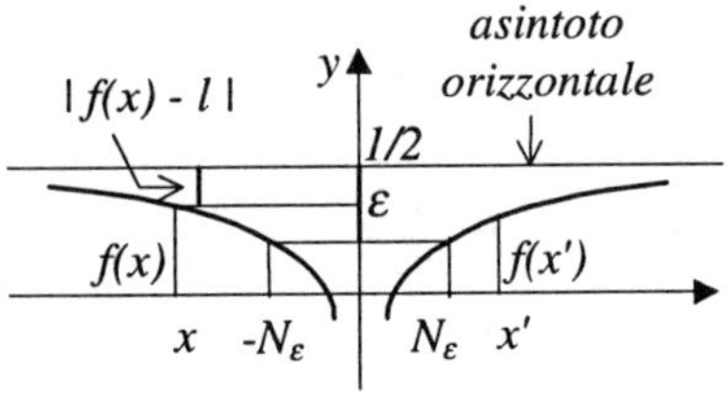

esempio: $l = 1/2$

$$\lim_{x \to \infty} \frac{x^2 - 1}{2x^2} = \frac{1}{2}$$

- ha per limite $+\infty$, con simbologia $\lim_{x \to \infty} f(x) = +\infty$, se

$$\forall M > 0 \text{ a.g. } \exists N_M > 0: \forall |x| > N_M \to f(x) > M.$$

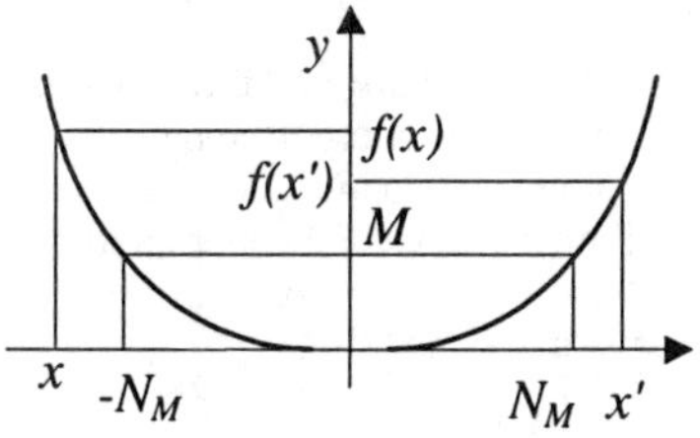

esempio

$$\lim_{x\to\infty} x^4 = +\infty$$

- ha per limite $-\infty$, e si scrive $\lim_{x\to\infty} f(x) = -\infty$, se

$\forall M > 0$ a.g. $\exists N_M > 0: \forall |x| > N_M \to f(x) < -M.$

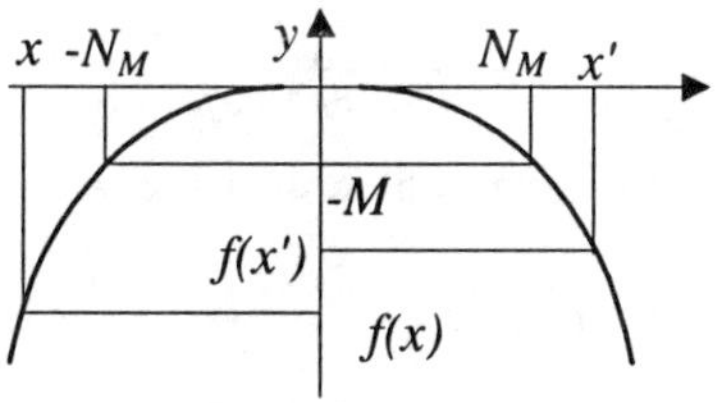

esempio

$$\lim_{x\to\infty} (-x^2) = -\infty$$

- ha per limite ∞, con la simbologia $\lim_{x\to\infty} f(x) = \infty$, se

$\forall M > 0$ a.g. $\exists N_M > 0: \forall |x| > N_M \to |f(x)| > M.$

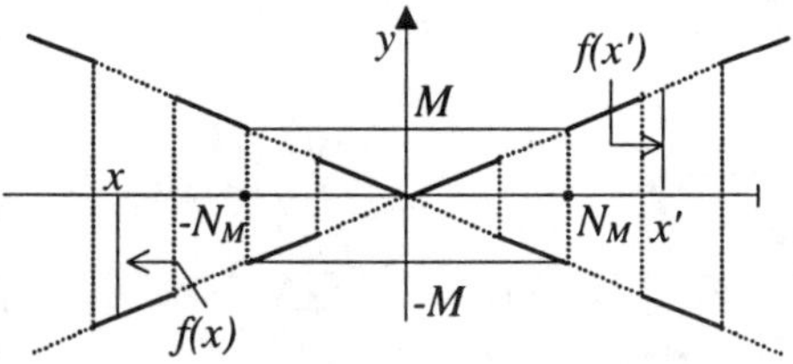

esempio

$$\lim_{x\to\infty} (-1)^{[|x|]} |x| = \infty$$

2.3 Limiti in un punto

Nota introduttiva: un processo di limite fatto nell'intorno completo di un punto di accumulazione x_0 analizza il comportamento dell'ordinata relativa ad una funzione $y = f(x)$ man mano che l'ascissa tende al punto x_0. Non è una condizione necessaria l'appartenenza di x_0 al campo di esistenza di $f(x)$.
Se il limite esiste si possono avere le possibilità:

$$\lim_{x \to x_0} f(x) = \begin{cases} l \\ +\infty \\ -\infty \\ \infty \end{cases}$$

con $l \in R$

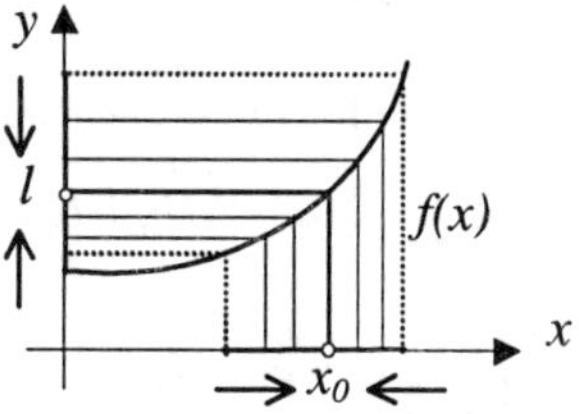

Sia $y = f(x)$ una funzione e x_0 un punto di accumulazione, diremo che, per x che tende a x_0, $f(x)$:

- ha per limite l, e scriveremo $\lim_{x \to x_0} f(x) = l$, se

per ogni ↓ *esiste un intorno completo I_ε di x_0* ↓ *si ha* ↓
$\forall \varepsilon > 0$ *a.p.* $\exists I_\varepsilon : \forall x \in I_\varepsilon e \neq x_0 \rightarrow \mid f(x) - l \mid < \varepsilon.$
↑ *arbitrariamente piccolo* ↑ *tale che* ↑ *diverso da x_0*

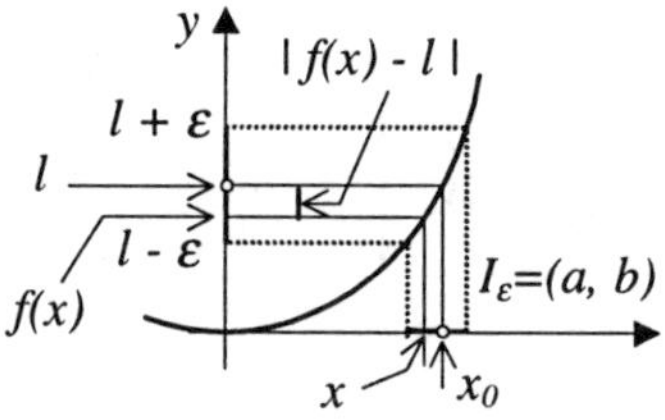

esempio
$x_0 = 2$, $l = 1$

$$\lim_{x \to 2} \frac{1}{4} x^2 = 1$$

- ha per limite $+\infty$, e scriveremo $\lim_{x \to x_0} f(x) = +\infty$, se

$\forall M > 0$ *a.g.* $\exists I_M : \forall x \in I_M$ *e* $\neq x_0 \rightarrow f(x) > M$.

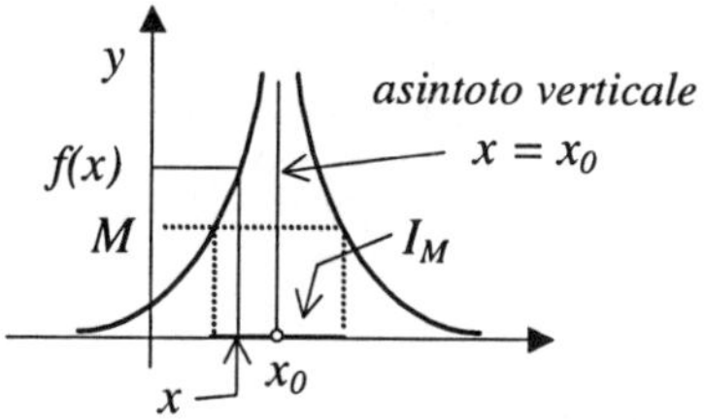

esempio: $x_0 = 1$

$$\lim_{x \to 1} \frac{1}{(1-x)^2} = +\infty$$

- ha per limite $-\infty$, e si scrive $\lim_{x \to x_0} f(x) = -\infty$, se

$\forall M > 0$ *a.g.* $\exists I_M : \forall x \in I_M$ *e* $\neq x_0 \rightarrow f(x) < -M$.

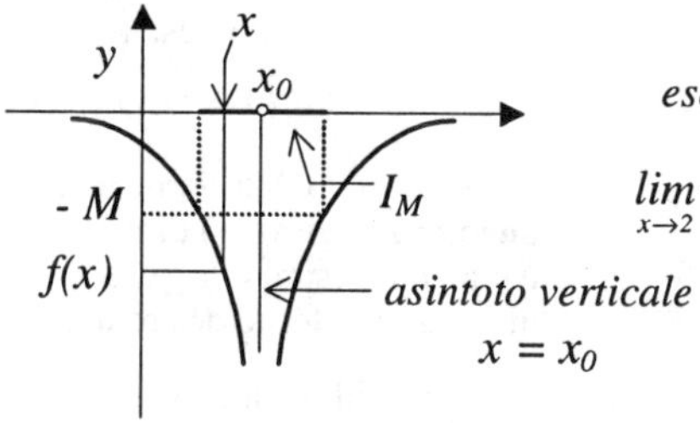

esempio: $x_0 = 2$

$$\lim_{x \to 2} -\frac{1}{(2-x)^2} = -\infty$$

- ha per limite ∞, con la simbologia $\lim_{x \to x_0} f(x) = \infty$, se

$\forall M > 0$ *a.g.* $\exists I_M : \forall x \in I_M$ *e* $\neq x_0 \rightarrow |f(x)| > M$.

Nota: in questo caso non si precisa nulla sul segno che assume la funzione man mano che x tende ad x_0; si assicura solo la divergenza del valore assoluto di $f(x)$.

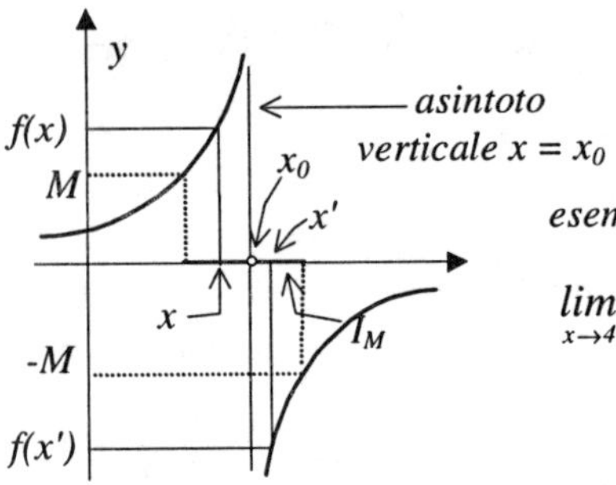

esempio: $x_0 = 64$

$$\lim_{x \to 4} \frac{1}{64 - x^3} = \infty$$

2.4 Limite destro e limite sinistro - Continuità

Diremo che la funzione $y = f(x)$ ha per ***limite sinistro*** $l \in R$, $+\infty$, $-\infty$, e scriveremo

$$\lim_{x \to x_0^-} f(x) = \begin{cases} l \\ +\infty \\ -\infty \end{cases}$$

se le condizioni analizzate nei casi generali sussistono in un intorno sinistro (-) del punto di accumulazione x_0^- in esame.

In modo analogo si può affermare che $f(x)$ ha per ***limite destro*** $l \in R$, $+\infty$, $-\infty$, e si usa scrivere

$$\lim_{x \to x_0^+} f(x) = \begin{cases} l \\ +\infty \\ -\infty \end{cases}$$

se le condizioni si verificano in un intorno destro (+) di x_0^+.
Nota: da destra = a partire da una $x \in$ all'intorno destro di x_0.

Due esempi di rappresentazioni schematiche illustrano i concetti

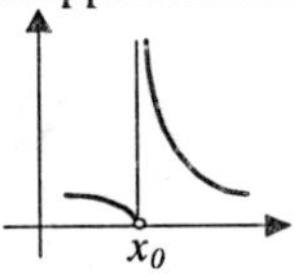

$$\lim_{x \to x_0^-} f(x) = 0$$
$$\lim_{x \to x_0^+} f(x) = +\infty$$

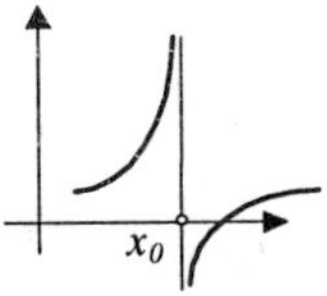

$$\lim_{x \to x_0^-} f(x) = +\infty$$
$$\lim_{x \to x_0^-} f(x) = -\infty$$

Diremo che una funzione $y = f(x)$ è ***continua*** in un punto x_0 appartenente al dominio di esistenza D se si verificano le condizioni:

1) esiste il valore della funzione $f(x_0)$ nel punto x_0;

2) esiste il limite finito l (il limite sinistro coincide con quello destro) $\lim_{x \to x_0} f(x) = l$;

3) $f(x_0) = l$.

La continuità nel punto x_0 implica $\lim_{x \to x_0} f(x) = f(x_0)$

Una funzione si dice *continua in un intervallo* se risulta continua in ogni punto dell'intervallo.

Diremo che $f(x)$ è ***continua a destra*** o a ***sinistra*** se le condizioni sussistono per un intorno destro o per uno sinistro.

Chiameremo ***punto singolare*** o ***punto di discontinuità*** della funzione un punto di accumulazione x_0, con un intorno appartenente al campo di esistenza D di $f(x)$, per il quale non risultano verificate le condizioni di continuità.

I punti di discontinuità possono essere classificati come segue:

- discontinuità di ***prima specie***:

  si dice che $f(x)$ presenta una discontinuità di prima specie in x_0 se accade

$$\lim_{x \to x_0^+} f(x) - \lim_{x \to x_0^-} f(x) = s \qquad (s = salto) \quad \text{con } s \in R - \{0\}$$

Nota: la discontinuità di prima specie prevede *un limite destro* l^+ *finito e diverso da quello sinistro* l^- e quindi la non esistenza del limite nell'intorno completo di x_0. Esempio $(x_0 = 0)$:

$$y = x^2 + \frac{|x|}{x}$$

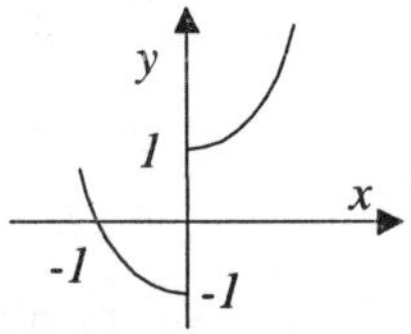

discontinuità per $x = 0$

- discontinuità di ***seconda specie***:

diremo che $f(x)$ presenta una discontinuità di seconda specie in x_0 se almeno uno dei due limiti $\lim_{x \to x_0^+} f(x)$, $\lim_{x \to x_0^-} f(x)$

o non esiste oppure risulta più o meno infinito.

Esempi di discontinuità per $x = 0$

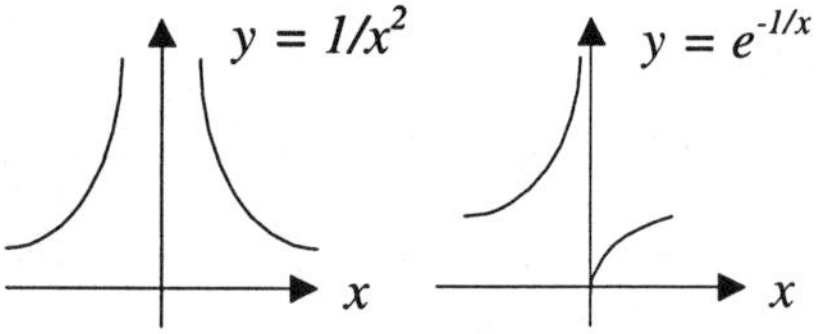

- discontinuità di ***terza specie*** *(detta anche eliminabile)*:

si dice che $f(x)$ presenta una discontinuità di terza specie in x_0 se esiste finito il limite $\lim_{x \to x_0} f(x) = l$ nell'intorno completo, ma $f(x_0)$ o non esiste o accade $f(x_0) \neq l$.

Esempi

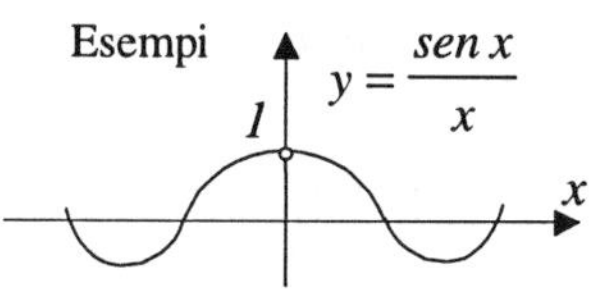

discontinuità nel punto $x = 0$

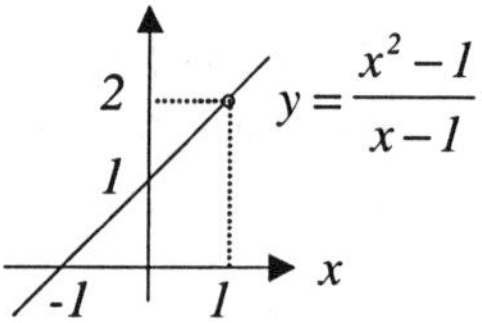

discontinuità nel punto $x = 1$

Con l'aggettivo "eliminabile" si intende sottolineare la possibilità di eliminare la discontinuità modificando la funzione con la semplice imposizione $f(x_0) = l$. Questo **prolungamento per continuità** porterebbe, nei casi dei due esempi, alle funzioni:

$$y = \begin{cases} \dfrac{sen\,x}{x} & per\ x \neq 0 \\ 1 & per\ x = 0 \end{cases} \qquad y = \begin{cases} y = \dfrac{x^2 - 1}{x - 1} & per\ x \neq 1 \\ 2 & per\ x = 1 \end{cases}$$

che equivale a $y = x + 1$

2.5 Tesi di alcuni teoremi sui limiti

T teorema dell'unicità del limite: se esiste il limite l di $f(x)$ per $x \to x_0$ esso è unico;

T teorema della permanenza del segno: se la funzione $f(x)$ ha il limite finito l per $x \to x_0$ esiste un intorno di x_0 nel quale per ogni $x \neq x_0$ la funzione $f(x)$ assume un valore finito che ha lo stesso segno di l;

T *teorema del confronto*: se per ogni $x \neq x_0$, appartenente ad un intorno di x_0, tre funzioni $g(x)$, $f(x)$ e $h(x)$ godono della proprietà $g(x) \leq f(x) \leq h(x)$ e se accade

$$\lim_{x \to x_0} g(x) = \lim_{x \to x_0} h(x) = l \quad \textit{risulta anche vera} \quad \lim_{x \to x_0} f(x) = l$$

Tesi di due teoremi sulla continuità:

T ***teorema di Weierstrass***: il codominio di una funzione $y = f(x)$ continua nell'intervallo chiuso $I_n = [a, b]$ assume in I_n un massimo ed un minimo;

T ***teorema dell'esistenza degli zeri***: una funzione $y = f(x)$, continua nell'intervallo chiuso $I_n = [a, b]$, se ha $f(a) \cdot f(b) < 0$ presenta in I_n almeno un punto c tale che $f(c)=0$.

2.6 Ricerca dei limiti di una funzione

2.6.1 Ricerca dei limiti con limiti parziali finiti

teoremi sulle operazioni con i limiti:

Date due funzioni $g(x)$ ed $h(x)$ per le quali si ha $\lim_{x \to x_0} g(x) = m$, e $\lim_{x \to x_0} h(x) = n$, con m ed n numeri reali ed x_0 un numero non necessariamente finito, e dato un numero reale k, risultano vere le relazioni:

1) $\lim_{x \to x_0} [g(x) \pm h(x)] = m \pm n$ **2)** $\lim_{x \to x_0} |g(x)| = |m|$

3) $\lim\limits_{x \to x_0} [\, g(x) \cdot h(x) \,] = m \cdot n$

4) $\lim\limits_{x \to x_0} [\, k\, g(x) \,] = k\, m$

5) $\lim\limits_{x \to x_0} \dfrac{g(x)}{h(x)} = \dfrac{m}{n}$ (con $n \neq 0$)

6) $\lim\limits_{x \to x_0} k^{g(x)} = k^{m}$ (se $k > 0$)

7) $\lim\limits_{x \to x_0} g(x)^{h(x)} = m^{n}$ (con $m>0$)

8) $\lim\limits_{x \to x_0} \log_k g(x) = \log_k m$ (con $k>0$, $k \neq 1$)

Esercizi svolti

1) $\lim\limits_{x \to 4} \left(x^2 + \log_2 x\right) = 16 + \log_2 4 = 18$

Nota: il risultato del limite si può ottenere individuando i limiti parziali (pensando ad una "sostituzione") ed eseguendo opportunamente l'operazione.

2) $\lim\limits_{x \to \pi/2} \left(sen\ x - x\right) = 1 - \dfrac{\pi}{2} = \dfrac{2-\pi}{2}$

3) $\lim\limits_{x \to 2} \left(3^x\, x\right) = 3^2 2 = 18$

4) $\lim\limits_{x \to 4} \left(\dfrac{2^x}{x^2}\right) = \dfrac{2^4}{4^2} = \dfrac{16}{16} = 1$

5) $\lim\limits_{x \to 2} (3\,x)^{\log_4 x} = 6^{\log_4 2} = 6^{1/2} = \sqrt{6}$

6) $\lim\limits_{x \to 5} \left|1 - x^2\right| = \left|1 - 25\right| = 24$

7) $\lim\limits_{x \to 2} 4x^2 = 4 \cdot 4 = 16$

8) $\lim\limits_{x \to 3} 2^{x^2-1} = 2^{9-1} = 2^8 = 256$

9) $\lim\limits_{x \to 3} \log_{\sqrt{10}} (x^2 + 1) = \log_{\sqrt{10}} 10 = 2$

2.6.2 Infinitesimi

La funzione $f(x)$ si dice *infinitesima per* $x \to x_0$ se accade

$$\lim_{x \to x_0} f(x) = 0$$

Esempio: $y = x - 1$ *per* $x = 1$

Nota: spesso si parla di funzione infinitesima anche per $x \to \pm \infty$. Esempio: $y = 1/x$.

Dati due infinitesimi $g(x)$ ed $h(x)$ per $x \to x_0$ diremo che:

- $g(x)$ ed $h(x)$ sono ***infinitesimi dello stesso ordine*** se

$$\lim_{x \to x_0} \frac{g(x)}{h(x)} = l$$

con l *finito e diverso da zero.*

Esempio : $y = x^2 - 1$ e $y = x + 1$ sono infinitesimi dello stesso ordine, per $x = -1$, perché

$$\lim_{x \to -1} \frac{x^2 - 1}{x + 1} = \lim_{x \to -1} \frac{(x-1)(x+1)}{x+1} = \lim_{x \to -1} (x-1) = -2$$

- $g(x)$ *è un **infinitesimo di ordine superiore** rispetto a* $h(x)$ se

$$\lim_{x \to x_0} \frac{g(x)}{h(x)} = 0$$

Esempio : $y = (x - 1)^2$ è un infinitesimo superiore a $y = x^3 - 1$, per $x = 1$, perché

$$\lim_{x \to 1} \frac{(x-1)^2}{x^3 - 1} = \lim_{x \to 1} \frac{(x-1)^2}{(x-1)(x^2+x+1)} = \frac{0}{3} = 0$$

- $g(x)$ *è un **infinitesimo di ordine inferiore** rispetto a* $h(x)$ se

$$\lim_{x \to x_0} \frac{g(x)}{h(x)} = \infty$$

Esempio : $y = x^2 - 1$ è un infinitesimo inferiore a $y = (x - 1)^2$, per $x = 1$, perché

$$\lim_{x \to 1} \frac{x^2 - 1}{(x-1)^2} = \lim_{x \to 1} \frac{(x-1)(x+1)}{(x-1)^2} = \lim_{x \to 1} \frac{(x+1)}{(x-1)} = \infty$$

In generale diremo che $g(x)$ *è un **infinitesimo di ordine** α rispetto a* $h(x)$ se

$$\lim_{x \to x_0} \frac{g(x)}{[h(x)]^\alpha} = l$$

con l *finito e diverso da zero*

Esempio: la funzione $y = x^2 - 1$ è un infinitesimo, per $x = 1$, di ordine $\alpha = 1/2$ rispetto a $y = (x - 1)^2$ perché

$$\lim_{x\to 1} \frac{x^2 - 1}{[(x-1)^2]^{1/2}} = \lim_{x\to 1} \frac{(x-1)(x+1)}{(x-1)} = \lim_{x\to 1}(x+1) = 2$$

Note:

- se $\alpha = 1$ le due funzioni sono *infinitesimi dello stesso ordine*. Se, in aggiunta, si ha $l = 1$ i due infinitesimi si dicono ***equivalenti***;
- se $\alpha > 1$ *la funzione* $g(x)$ *è un infinitesimo di ordine superiore rispetto alla* $h(x)$;
- se invece $\alpha < 1$ *la* $g(x)$ *risulta un infinitesimo di ordine inferiore rispetto ad* $h(x)$;
- spesso gli infinitesimi vengono confrontati con l'*infinitesimo campione* $y = x-x_0$. Nel caso $x \to \infty$ si sceglie come infinitesimo di riferimento la funzione $y = 1/x$.

Esempi:

1) la funzione $y = sen x$ è, per $x = 0$, un infinitesimo equivalente a quello campione $y = x$ perché $\lim_{x\to 0} \frac{sen\, x}{x^\alpha} = 1$ se $\alpha = 1$;

2) la funzione $y = \sqrt[5]{x-2}$ è un infinitesimo, per $x = 2$, di ordine $\alpha = 1/5$ perché $\lim_{x\to 2} \frac{\sqrt[5]{x-2}}{(x-2)^\alpha} = 1$ se $\alpha = 1/5$.

Tesi di due teoremi sugli infinitesimi:

T teorema: se $\lim_{x \to x_0} f(x) = l$, con $l \in R$, esiste un intorno di x_0 nel quale la funzione può essere scritta $f(x) = l + o(x)$ dove $o(x)$ è un infinitesimo per $x \to x_0$;

T teorema: se una funzione $f(x)$ è un infinitesimo per $x \to x_0$ allora $1/f(x)$ sarà un infinito per $x \to x_0$ (si veda in seguito).

2.6.3 Infiniti

Diremo che una funzione $f(x)$ è un infinito per $x \to x_0$ (non necessariamente finito) se risulta vera

$$\lim_{x \to x_0} f(x) = \infty$$

Esempio: $y = \dfrac{1}{x^2 - 1}$ è un infinito, sia per $x \to 1$ che per $x \to -1$, in quanto la funzione $y = x^2 - 1$ risulta un infinitesimo per gli stessi punti.

Note:

- la funzione presenta in x_0 una discontinuità di seconda specie;
- ha senso parlare di infinito anche per $x \to \infty$. Esempi: $y = x^2$, $y = e^x$, $y = \ln x$ e così via.

Dati *due infiniti* $g(x)$ ed $h(x)$ per $x \to x_0$ diremo che:

- $g(x)$ ed $h(x)$ sono ***infiniti dello stesso ordine*** se

$$\lim_{x \to x_0} \frac{g(x)}{h(x)} = l$$

con l *finito e diverso da zero.*

Esempio : $y = 1/(x - 1/2)$ e $y = 1/(4x^2 - 1)$ sono infiniti dello stesso ordine, per $x = 1/2$, perché

$$\lim_{x \to 1/2} \frac{\dfrac{1}{x - 1/2}}{\dfrac{1}{4x^2 - 1}} = \lim_{x \to 1/2} \frac{2\left(x - \dfrac{1}{2}\right)(2x + 1)}{x - \dfrac{1}{2}} = 4$$

- *$g(x)$ è un **infinito di ordine superiore** rispetto a $h(x)$* se

$$\lim_{x \to x_0} \frac{g(x)}{h(x)} = \infty$$

Esempio : $y = 1/x^4$ è un infinito di ordine superiore a $y = 1/x^2$ per $x = 0$ perché

$$\lim_{x \to 0} \frac{1/x^4}{1/x^2} = \lim_{x \to 0} \frac{x^2}{x^4} = \lim_{x \to 0} \frac{1}{x^2} = +\infty$$

- *g(x) è un **infinito di ordine inferiore** rispetto a h(x)* se

$$\lim_{x \to x_0} \frac{g(x)}{h(x)} = 0$$

Esempio : $y = 1/(x^2 - 1)$ è un infinito di ordine inferiore a $y = 1/(x - 1)^2$, per $x = 1$, perché

$$\lim_{x\to 1} \frac{\frac{1}{x^2-1}}{\frac{1}{(x-1)^2}} = \lim_{x\to 1} \frac{(x-1)^2}{x^2-1} = \lim_{x\to 1} \frac{(x-1)^2}{(x-1)(x+1)} = \frac{0}{2} = 0$$

In generale diremo che *g(x) è un **infinito di ordine** α rispetto a h(x)* se

$$\lim_{x \to x_0} \frac{g(x)}{[h(x)]^{\alpha}} = l$$

con *l finito e diverso da zero*

Esempio: la funzione $y = 1/x^2$ è un infinito, per $x = 0$, di ordine $\alpha = 10/3$ rispetto a $y = 1/\sqrt[5]{x^3}$ perché

$$\lim_{x\to 0} \frac{\frac{1}{x^2}}{\left(\frac{1}{x^{3/5}}\right)^{10/3}} = \lim_{x\to 0} \frac{x^{\frac{3}{5}\frac{10}{3}}}{x^2} = \lim_{x\to 0} \frac{x^2}{x^2} = 1$$

Note:

- se $\alpha = 1$ le due funzioni sono *infiniti dello stesso ordine*. Se $l = 1$ i due infiniti si dicono ***equivalenti***;
- se $\alpha > 1$ *la funzione g(x) è un infinito di ordine superiore rispetto alla h(x);*
- se invece $\alpha < 1$ *la g(x) è un infinito di ordine inferiore rispetto ad h(x);*
- gli infiniti si possono confrontare con l'*infinito campione* $y = 1/(x-x_0)$. Per $x \to \infty$ si assume come infinito di riferimento la funzione $y = x$.

2.6.4 Ricerca dei limiti con limiti parziali non necessariamente finiti - Casi determinati

Se $\lim_{x \to x_0} g(x) = \pm\infty$ e $\lim_{x \to x_0} h(x) = n$, con x_0 non necessariamente finito, risultano <u>*determinati*</u> i limiti:

N	limite	tipo
1	$\lim_{x \to x_0} [g(x) + h(x)] = \pm\infty$	$\pm\infty + n \to \pm\infty$
2	$\lim_{x \to x_0} [g(x) - h(x)] = \pm\infty$	$\pm\infty - n \to \pm\infty$
3	$\lim_{x \to x_0} [g(x) \cdot h(x)] = \infty$	$\pm\infty \cdot n \to \infty \ (n \neq 0)$
4	$\lim_{x \to x_0} \frac{g(x)}{h(x)} = \infty$	$\pm\infty / n \to \infty$
5	$\lim_{x \to x_0} \frac{h(x)}{g(x)} = 0$	$n / \pm\infty \to 0$
6	$\lim_{x \to x_0} g(x)^{h(x)} = +\infty$	$(+\infty)^n \to +\infty \ (n > 0)$
7	$\lim_{x \to x_0} g(x)^{h(x)} = 0$	$(+\infty)^n \to 0 \ (n < 0)$
8 a	$\lim_{x \to x_0} h(x)^{g(x)} = +\infty$	$n^{+\infty} \to +\infty \ (n > 1)$
8 b	$\lim_{x \to x_0} h(x)^{g(x)} = 0$	$n^{-\infty} \to 0 \ (n > 1)$
9 a	$\lim_{x \to x_0} h(x)^{g(x)} = 0$	$n^{+\infty} \to 0$ (con $0 \leq n < 1$)
9 b	$\lim_{x \to x_0} h(x)^{g(x)} = +\infty$	$n^{-\infty} \to +\infty$ (con $0 \leq n < 1$)

Nota sulla simbologia

- Esiste un'associazione biunivoca tra i segni riportati nell'espressione. Esempi di corrispondenza:

$\lim_{x\to x_0^{\pm}} f(x) = \pm\infty$	da destra è + ∞ da sinistra è - ∞
$\lim_{x\to x_0^{\pm}} f(x) + h(x) = \mp\infty$, con $f(x) \to \pm\infty$ ecc.	se $f(x)$ tende a + ∞ il risultato sarà - ∞ se tende a - ∞ il limite risulterà +∞

Note sui segni:

- nel terzo e quarto caso il segno risultante dipende anche da quello del numero n;
- il sesto ed il settimo caso prevedono solo il segno positivo del limite divergente;
- nell'ottavo e nel nono caso l'esito del limite dipende dal segno del limite divergente.

Esercizi svolti

$$\lim_{x\to 2^{\pm}}\left(\frac{1}{2-x} + x\right) = \mp\infty$$

(1) $\mp\infty$ $\quad 2$

$$\lim_{x\to +\infty}\left(x - \frac{1}{x+1}\right) = +\infty$$

(2) $+\infty$ $\quad 0$

$$\lim_{x\to 1^{\pm}}\left(\frac{1}{x-1} \cdot x^3\right) = \pm\infty$$

(3) $\pm\infty$ $\quad 1$

$$\lim_{x\to 3^{\pm}}\left(\frac{1}{x^2-9} \Big/ x\right) = \pm\infty$$

(4) $\pm\infty$ $\quad 3$

$$\lim_{x\to 4^{\pm}}\left(x^2 \Big/ \frac{1}{4-x}\right) = 0$$

(5) 16 $\quad \mp\infty$

$$\lim_{x\to \sqrt{2}^{+}}\left(\frac{1}{x^2-2}\right)^{x} = +\infty$$

(6) $+\infty$ $\quad \sqrt{2}$

$$\lim_{x\to -2^+}\left(\frac{1}{x^2-4}\right)^{x}=0$$

(7) $+\infty$ -2

$$\lim_{x\to 0^+}\left(x^2+2\right)^{1/x}=+\infty$$

(8 a) 2 $+\infty$

$$\lim_{x\to 0^-}\left(x^2+2\right)^{1/x}=0$$

(8 b) 2 $-\infty$

$$\lim_{x\to 0^+}\left(x^2+\frac{1}{2}\right)^{1/x}=0$$

(9 a) $1/2$ $+\infty$

$$\lim_{x\to 0^-}\left(x^2+\frac{1}{2}\right)^{1/x}=+\infty$$

(9 b) $1/2$ $-\infty$

Nota: il metodo di individuazione del limite viene utilizzato anche per studiare il comportamento della funzione nell'intorno di x_0.

Se $\lim_{x\to x_0} g(x)=\pm\infty$ e $\lim_{x\to x_0} h(x)=\pm\infty$, con x_0 non necessariamente finito, sono *determinati* i limiti:

N	limite	tipo
10	$\lim_{x\to x_0}[g(x)+h(x)]=+\infty$	$\pm\infty \pm\infty \to \pm\infty$
11	$\lim_{x\to x_0}[g(x)\cdot h(x)]=+\infty$	$\pm\infty\cdot(\pm\infty)\to +\infty$ $\mp\infty\cdot(\pm\infty)\to -\infty$
12 a	$\lim_{x\to x_0} g(x)^{h(x)}=+\infty$	$(+\infty)^{+\infty}\to +\infty$
12 b	$\lim_{x\to x_0} g(x)^{h(x)}=+\infty$	$(+\infty)^{-\infty}\to 0$

Nota: nei due casi *12 a* e *12 b* la *g(x)* può assumere solo valori positivi e il risultato del limite dipende dal segno che assume *h(x)* nell'intorno di x_0.

Esempi:

$$\lim_{x\to 3^{\pm}}\left(\frac{1}{3-x}+\frac{2}{9-x^2}\right)=\mp\infty$$

(10) $\mp\infty$ $\quad$ $\mp\infty$

$$\lim_{x\to+\infty}\left(x\cdot x^3\right)=+\infty$$

(11) $+\infty$ $\quad$ $+\infty$

$$\lim_{x\to 2^+}\left(\frac{1}{x^2-4}\right)^{\frac{3}{x-2}}=+\infty$$

(12 a) $+\infty$ $\quad$ $+\infty$

$$\lim_{x\to 2^+}\left(\frac{1}{x^2-4}\right)^{\frac{3}{2-x}}=0$$

(12 b) $+\infty$ $\quad$ $-\infty$

2.6.5 Ricerca dei limiti con limiti parziali non necessariamente finiti - Casi indeterminati

Se $\lim_{x\to x_0} g(x)=\pm\infty$ e $\lim_{x\to x_0} h(x)=\pm\infty$, con x_0 non necessariamente finito, risultano ***indeterminati*** i limiti:

N	limite	tipo
1	$\lim_{x\to x_0}[g(x)-h(x)]=?$	$+\infty-\infty\to\ ?$ $-\infty+\infty\to\ ?$
2	$\lim_{x\to x_0}\frac{g(x)}{h(x)}=?$	$\frac{\pm\infty}{\pm\infty}\to ?$

Se $\lim_{x\to x_0} g(x)=\pm\infty$ e $\lim_{x\to x_0} h(x)=0$, con x_0 non necessariamente finito, sono ***indeterminati*** i limiti:

N	limite	tipo
3	$\lim_{x\to x_0} g(x)\cdot h(x)=?$	$(\pm\infty)\cdot 0\to\ ?$

4	$\lim_{x \to x_0} g(x)^{h(x)} = ?$	$(+\infty)^0 \to ?$

Nota: nel quarto caso sono ammessi solo valori positivi della funzione *g(x)*.

Se $\lim_{x \to x_0} g(x) = 1$ e $\lim_{x \to x_0} h(x) = \pm\infty$, con x_0 non necessariamente finito, risulta ***indeterminato*** il limite:

N	limite	tipo
5	$\lim_{x \to x_0} g(x)^{h(x)} = ?$	$1^{\pm\infty} \to ?$

Se accade $\lim_{x \to x_0} g(x) = 0$ e $\lim_{x \to x_0} h(x) = 0$, con x_0 non necessariamente finito, risultano ***indeterminati*** i limiti:

N	limite	tipo
6	$\lim_{x \to x_0} \frac{g(x)}{h(x)} = ?$	$0/0 \to ?$
7	$\lim_{x \to x_0} g(x)^{h(x)} = ?$	$0^0 \to ?$

Nota: nel caso n. 7 la funzione *g(x)* ammette solo valori positivi.

Le forme d'indeterminazione $log_0 0$, $log_1 1$, $log_0 \infty$ e $log_\infty 0$ si possono ricondurre ai tipi *0/0 o* ∞/∞ utilizzando la relazione

$$log_{g(x)} h(x) = \frac{ln\, h(x)}{ln\, g(x)}$$

Esistono diversi "procedimenti matematici" che permettono l'eliminazione dell'indeterminazione e, di conseguenza, la ricerca del limite. Gli esempi che seguono utilizzano alcuni di questi metodi.

Esercizi svolti

1) $\lim_{x \to +\infty} \left(x^3 - x\right) = \lim_{x \to +\infty} x\left(x^2 - 1\right) = +\infty$

2) $\lim_{x \to +\infty} \left(\sqrt{x+1} - \sqrt{x}\right) = \lim_{x \to +\infty} \frac{\left(\sqrt{x+1} - \sqrt{x}\right)\left(\sqrt{x+1} + \sqrt{x}\right)}{\sqrt{x+1} + \sqrt{x}} =$

$= \lim_{x \to +\infty} \frac{x + 1 - x}{\sqrt{x+1} + \sqrt{x}} = 0$

3) $\lim_{x \to 1^+} \left(\frac{1}{x-1} - \frac{2}{x^2 - 1}\right) = \lim_{x \to 1^+} \frac{x-1}{(x-1)(x+1)} = \frac{1}{2}$

4) $\lim_{x \to +\infty} \frac{x^3 + 2x}{x + 1} = \lim_{x \to +\infty} \frac{x\left(x^2 + 2\right)}{x\left(1 + \frac{1}{x}\right)} = +\infty$

5) $\lim_{x \to 2} \frac{1/(x-2)}{1/\left(x^2 - 4\right)} = \lim_{x \to 2} \frac{(x-2)(x+2)}{(x-2)} = 4$

6) $\lim_{x \to 3} \left[\frac{1}{x^2 - 9} \cdot (x - 3)\right] = \lim_{x \to 3} \frac{x - 3}{(x-3)(x+3)} = \frac{1}{6}$

7) $\lim_{x \to +\infty} \left[\left(x^2 + 1\right)\frac{1}{x}\right] = \lim_{x \to +\infty} \frac{x^2 + 1}{x} = \lim_{x \to +\infty} \frac{x(x + 1/x)}{x} = +\infty$

8) $\lim_{x \to 1} \frac{x^3 - 1}{x - 1} = \lim_{x \to 1} \frac{(x-1)\left(x^2 + x + 1\right)}{x - 1} = 3$

9) $\lim_{x \to 0} \frac{sen\ x}{x^2} = \lim_{x \to 0} \left[\frac{sen\ x}{x} \cdot \frac{1}{x}\right] = \infty$

Nota: per i casi di indeterminazione n. 4, 5 e 7 si rinvia all'uso della regola di De L'Hospital illustrato nel capitolo 4.

Per riassumere

La ricerca di un limite va affrontata individuando il comportamento delle varie parti che formano la funzione in esame. Se tale funzione non ha settori con la presenza di un'indeterminazione per $x \to x_0$ il limite può essere individuato "pensando ad una sostituzione". In caso contrario occorrerà eliminare prima l'indeterminazione locale e poi cercare il limite.

Esempi:

$$\lim_{x \to 2} \left[\frac{x^2 - x \log_4 \sqrt{x+2}}{3^x} + \frac{1}{x} \right] = \frac{4 - 2 \log_4 4^{1/2}}{3^2} + \frac{1}{2} =$$

$$= \frac{4-1}{9} + \frac{1}{2} = \frac{5}{6};$$

$$\lim_{x \to +\infty} \left[\frac{x^2 - x}{\sqrt{x^4+1}} + \frac{3}{x^2+1} \right] = \lim_{x \to +\infty} \left[\frac{x(x-1)}{\sqrt{x^4+1}} + \frac{3}{x^2+1} \right] =$$

$$= \lim_{x \to +\infty} \left[\frac{x^2 \left(1 - 1/x^2\right)}{x^2 \sqrt{1 + 1/x^4}} + \frac{3}{x^2+1} \right] = 1.$$

L'elenco che segue espone alcune strategie utilizzate per semplificare la ricerca di un limite.

1) Se la funzione da analizzare è formata da un rapporto di due espressioni algebriche razionali intere il limite per $x \to \pm\infty$ dipenderà dal confronto tra i gradi delle relative espressioni

$$\lim_{x \to \pm\infty} \frac{a_0 x^n + a_1 x^{n-1} + a_2 x^{n-2} + \ldots + a_n}{b_0 x^m + b_1 x^{m-1} + b_2 x^{m-2} + \ldots + b_m} =$$

$$= \lim_{x \to \pm\infty} \left[\frac{x^n}{x^m} \frac{a_0 + a_1/x + a_2/x^2 + \ldots + a_n/x^n}{b_0 + b_1/x + b_2/x^2 + \ldots + b_m/x^m} \right]$$

(i termini a_i/x^i e b_i/x^i vanno tutti a zero)

se $n = m$ il limite sarà $l = a_0/b_0$
se $n < m$ il limite sarà $l = 0$
se $n > m$ il limite sarà ∞

Nota: il segno del carattere divergente dipenderà dal tipo di limite ($x \to +\infty$ o $x \to -\infty$), dal segno del rapporto a_0 / b_0 e dalla differenza $n - m$.

Esempi:

a. $$\lim_{x \to +\infty} \frac{2x^4 + x + 1}{-x^4 + 3} = \lim_{x \to +\infty} \left[\frac{x^4}{x^4} \frac{2 + \frac{1}{x^3} + \frac{1}{x^4}}{-1 + \frac{3}{x^4}} \right] = -2$$

b. $$\lim_{x \to +\infty} \frac{2x + 1}{-x^4 + 2} = \lim_{x \to +\infty} \left[\frac{x}{x^4} \frac{2 + \frac{1}{x}}{-1 + \frac{2}{x^4}} \right] = 0$$

c. $$\lim_{x \to -\infty} \frac{2x^4 + x + 1}{-x + 3} = \lim_{x \to -\infty} \left[\frac{x^4}{x} \frac{2 + \frac{1}{x^3} + \frac{1}{x^4}}{-1 + \frac{3}{x}} \right] = +\infty$$

2) In alcuni casi è possibile ricondurre il limite, o attraverso un cambiamento di variabile o per mezzo di elaborazioni matematiche, ad uno o più limiti fondamentali. La tabella che segue riporta una serie di limiti utilizzati come limiti di riferimento.

Limiti fondamentali *($k > 0$)*

$\lim_{x \to 0} \frac{sen\, x}{x} = 1$	$\lim_{x \to 0} \frac{1 - cos\, x}{x} = 0$
$\lim_{x \to 0} \frac{1 - cos\, x}{x^2} = \frac{1}{2}$	$\lim_{x \to 0} \frac{tg\, x}{x} = 1$
$\lim_{x \to \infty} \left(1 \pm \frac{1}{x} \right)^x = e^{\pm 1}$	$\lim_{x \to \infty} \left(1 + \frac{a}{x} \right)^{bx} = e^{ab}$

$\lim_{x \to 0}(1+x)^{\frac{1}{x}} = e$	$\lim_{x \to 0}\frac{e^x - 1}{x} = 1$
$\lim_{x \to 0}\frac{a^x - 1}{x} = \ln a$	$\lim_{x \to 0}\frac{\ln(1+x)}{x} = 1$
$\lim_{x \to +\infty}\frac{\ln x}{x^k} = 0$	$\lim_{x \to +\infty}\frac{e^x}{x^k} = +\infty$
$\lim_{x \to 0^+} x^k \ln x = 0$	$\lim_{x \to +\infty} x^k e^{-x} = 0$
$\lim_{x \to a}\frac{x^m - a^m}{x-a} = m a^{m-1}$	

Esempi:

a. $$\lim_{x \to \pi/3} \frac{sen\left(x - \frac{\pi}{3}\right)}{3x - \pi} = \lim_{t \to 0} \frac{sen\ t}{3t} = \frac{1}{3}$$ (con $t = x - \pi/3$)

b. $$\lim_{x \to 0} \frac{1 - \cos 2x^2}{x^4} = \lim_{\alpha \to 0} \left[4 \ \frac{1 - \cos \alpha}{\alpha^2}\right] = 2$$ (con $\alpha = 2x^2$)

3) L'uso della regola di De L'Hospital spesso semplifica la ricerca di un limite che presenta un'indeterminazione (capitolo 4).

4) In qualche caso risulta conveniente sostituire alcuni termini della funzione in esame con una serie di potenze ottenuta riscrivendo il termine stesso secondo lo sviluppo in serie di Taylor (capitolo 4).

ESERCIZI DI VERIFICA

Trovare i limiti delle seguenti successioni numeriche

1) $\lim_{n \to +\infty} \frac{n^4 - 1}{n^2 + n}$; **2)** $\lim_{n \to +\infty} \frac{3n + 1}{n^5 - n}$;

3) $\lim_{n \to +\infty} \left(n^4 - n\right);$

4) $\lim_{n \to +\infty} \frac{4n + 1/n}{n + 5};$

5) $\lim_{n \to +\infty} \frac{-n + 6}{n^{-5} + 2n};$

6) $\lim_{n \to +\infty} \left(n^2 \frac{n}{n - 1}\right);$

7) $\lim_{n \to +\infty} \frac{\sqrt{n^2 + n - 1}}{n + 4};$

8) $\lim_{n \to +\infty} \left(n^2 - n^{5/3}\right);$

9) $\lim_{n \to +\infty} \frac{n^3 + 1}{n^{-3} + 2};$

10) $\lim_{n \to +\infty} \sqrt[3]{n \frac{n + 2}{3n^2 - 1}};$

Trovare i limiti delle seguenti funzioni - Casi determinati

11) $\lim_{x \to 1} \frac{x^4 + \log_3 x}{x};$

12) $\lim_{x \to 4} \frac{x + \sqrt{x}}{x^2};$

13) $\lim_{x \to \pi/2} \left[2x \, sen\left(x + \frac{\pi}{3}\right)\right];$

14) $\lim_{x \to 2} x^{2x^2 - 3x - 1};$

15) $\lim_{x \to 10} \frac{Log^2 x - \sqrt[3]{x + 17}}{x};$

16) $\lim_{x \to 3} \left[\left(1 - x^2\right) \frac{x}{2^{x^2}}\right];$

Trovare i limiti delle seguenti funzioni - Casi indeterminati

17) $\lim_{x \to \infty} \left(x^2 - \sqrt{x^4 + x^2}\right);$

18) $\lim_{x \to +\infty} \frac{2x^4 + 5x^2}{\sqrt{3x^8 + 2}};$

19) $\lim_{x \to 2^+} \left[(x - 2) \frac{1}{\sqrt{x^2 - 4}}\right];$

20) $\lim_{x \to 3} \frac{x^2 - 9}{\sqrt{x^2 - 6x + 9}};$

21) $\lim_{x \to 4^+} \left(\frac{1}{4 - x} + \frac{2}{\sqrt{x - 4}}\right);$

22) $\lim_{x \to +\infty} \frac{3x^5 + 2x}{1 - x^4};$

Soluzioni

Limiti delle successioni numeriche

1)	$+\infty$	**2)**	0	**3)**	$+\infty$
4)	4	**5)**	$-1/2$	**6)**	$+\infty$
7)	1	**8)**	$+\infty$	**9)**	$+\infty$
10)	$1/\sqrt[3]{3}$				

Limiti delle funzioni - Casi determinati

11)	1	**12)**	3/8	**13)**	$\pi/2$
14)	2	**15)**	$-1/5$	**16)**	$-3/64$

Limiti delle funzioni - Casi indeterminati

17)	$-1/2$	**18)**	$2/\sqrt{3}$	**19)**	0
20)	6	**21)**	$-\infty$	**22)**	$-\infty$

3 DERIVATA DI UNA FUNZIONE

3.1 Elementi introduttivi

Chiameremo:

- $\Delta x = x - x_0$ **incremento indipendente** rispetto al punto $x_0 \Rightarrow x = x_0 + \Delta x$;
- $\Delta y = f(x) - f(x_0)$ ***incremento dipendente***;
- $\Delta y/\Delta x$ ***rapporto incrementale***.

Si definisce ***derivata prima*** $f'(x_0)$ di una funzione $y = f(x)$, continua nel punto x_0, il limite, se esiste finito, del rapporto incrementale $\Delta y/\Delta x$ per $\Delta x \to 0$ (per $x \to x_0$):

$$f'(x_0) = \lim_{\Delta x \to 0} \frac{\Delta y}{\Delta x} = \lim_{\Delta x \to 0} \frac{f(x) - f(x_0)}{x - x_0}$$

dove x è un punto appartenente all'intorno completo di x_0.
Si tratta di un limite del rapporto tra due infinitesimi Δy e Δx per $x \to x_0$.
Significato geometrico:

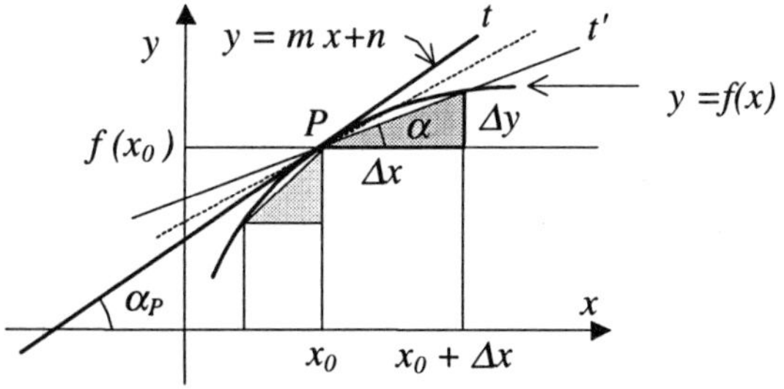

In un piano cartesiano, con l'unità u_x dell'asse x congruente con quello u_y dell'asse y, il rapporto incrementale esprime la tangente trigonometrica dell'angolo che si oppone al lato Δy del triangolo rettangolo di cateti Δx e Δy ($tg\alpha = \Delta y / \Delta x$). Per $\Delta x \to 0$ tale rapporto ten-

de alla tangente trigonometrica dell'angolo α_P che la retta t forma con una parallela all'asse x. Essendo t la tangente geometrica alla funzione $y = f(x)$ nel punto x_0 tale limite risulterà uguale al coefficiente angolare di t.
Si può immaginare una rotazione della retta t' intorno a P che, per $\Delta x \rightarrow 0$, si sovrappone a t.
La derivata di $f(x)$ in x_0 rappresenta dunque il coefficiente angolare della tangente t alla funzione nel punto $(x_0, f(x_0))$. Se $y = mx+n$ è l'equazione di t si può affermare che

$$m = f'(x_0) = tg\ \alpha_P$$

La funzione si dice derivabile in x_0 se il limite del rapporto incrementale, fatto in un intorno completo dello stesso punto x_0, risulta finito.
Chiameremo ***derivata destra*** $f'(x_0^+)$ di $f(x)$ in x_0 il limite in discussione sviluppato in un intorno destro di x_0.
Se interessiamo solo un intorno sinistro si potrà parlare di ***derivata sinistra*** $f'(x_0^-)$.
La funzione $y = f'(x)$, che ha per codominio i valori assunti dalla derivata in ogni punto dell'intervallo studiato, è chiamata *funzione derivata della funzione data.*
Le simbologie più utilizzate per indicare la derivata di una funzione $y = f(x)$ in un punto generico x sono:

$$y',\ f'(x),\ D[f(x)],\ \frac{dy}{dx},\ \frac{df(x)}{dx},\ \text{ecc.}$$

Una funzione derivata può essere a sua volta derivabile. Ipotizzando la derivabilità in successione delle funzioni derivate si può parlare della ***derivata seconda*** $f''(x)$ (derivata della derivata prima), ***derivata terza*** $f^{III}(x)$ (derivata della derivata seconda), *derivata quarta* $f^{IV}(x)$ (derivata della derivata terza), ecc.
La derivabilità di una funzione in un punto non garantisce l'esistenza della derivata successiva nel punto stesso.

Esempio: la funzione $y=\sqrt[3]{x^4}$ è continua in ogni $x \in R$ come la sua derivata prima $y'=\frac{4}{3}\sqrt[3]{x}$. La derivata seconda $y''=\frac{4}{9\sqrt[3]{x^2}}$ presenta una discontinuità per $x = 0$.

3.2 Derivate delle funzioni elementari

funzione	*derivata*	*note*
$y = k$	$y' = 0$	una costante ha $y' = 0$
$y = x$	$y' = 1$	una retta ha una pendenza costante.
$y = mx+n$	$y' = m$	
$y = \lvert x \rvert$	$y' = x / \lvert x \rvert$	in $x = 0$ la $f(x)$ non è derivabile
$y = x^m$	$y' = m\, x^{m-1}$	la derivata di una potenza ha un grado inferiore rispetto alla funzione
$y = k\, x^m+n$	$y' = k\, m\, x^{m-1}$	
$y = \sqrt[m]{x^n}$	$y'=\frac{n}{m}\sqrt[m]{x^{n-m}}$	se $n - m < 0$ la funzione ha in $x = 0$ una non derivabilità
$y = sen\, x$	$y' = cos\, x$	la funzione sinusoidale varia come un coseno
$y = cos\, x$	$y' = -\, sen\, x$	
$y = tg\, x$	$y'=\frac{1}{cos^2 x}=1+tg^2 x$	
$y = cotg\, x$	$y'=\frac{-1}{sen^2 x}=-1-\text{cotg}^2 x$	
$y = a^x$	$y' = a^x \ln a$	l'esponenziale varia con la stessa legge della funzione
$y = e^x$	$y' = e^x$	
$y = log_a x$	$y'=\frac{1}{x} log_a e$	un logaritmo varia iperbolicamente

funzione	*derivata*	*note*
$y = ln\, x$	$y' = \frac{1}{x}$	
$y = arcsen\, x$	$y' = \frac{1}{\sqrt{1-x^2}}$	Il dominio prevede $-1 \le x \le 1$
$y = arccos\, x$	$y' = \frac{-1}{\sqrt{1-x^2}}$	Il dominio prevede $-1 \le x \le 1$
$y = arctg\, x$	$y' = \frac{1}{1+x^2}$	la derivata è decrescente
$y = arccotg\, x$	$y' = \frac{-1}{1+x^2}$	la funzione è decrescente
$y = senh\, x$	$y' = cosh\, y$	Funzioni iperboliche dirette ed inverse e relative derivate
$y = cosh\, x$	$y' = senh\, x$	
$y = tgh\, x$	$y' = \frac{1}{cosh^2\, x}$	
$y = cotgh\, x$	$y' = \frac{-1}{senh^2\, x}$	
$y = arcsenh\, x$	$y' = \frac{1}{\sqrt{x^2+1}}$	
$y = arccosh\, x$	$y' = \pm\frac{1}{\sqrt{x^2-1}}$	
$y = arctgh\, x$	$y' = \frac{1}{1-x^2}$	
$y = arccotgh\, x$	$y' = \frac{1}{1-x^2}$	

Analizzando l'andamento della funzione e, in particolare, studiando come varia l'angolo α_P della tangente geometrica, e di conseguenza il valore della tangente trigonometrica dello stesso angolo, al variare della x si riesce a individuare il comportamento della funzione derivata.

Le rappresentazioni grafiche illustrano il concetto.

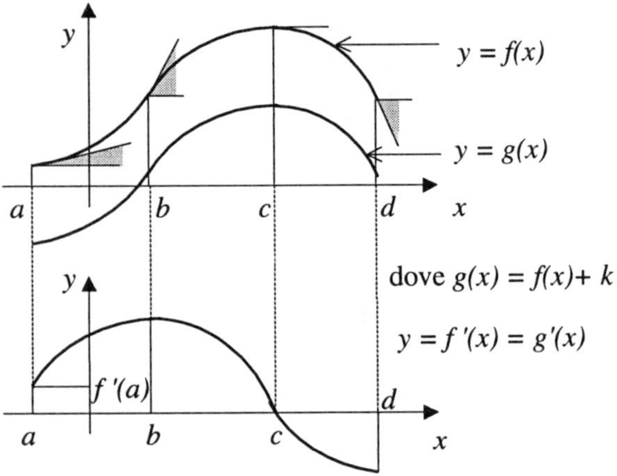

Analizzando opportunamente l'esempio di figura si può affermare che:

- nel punto a la funzione presenta un angolo positivo $\Rightarrow$ esisterà dunque una $f'(a) > 0$;
- nel tratto (a, b) l'angolo cresce all'aumentare di x (la concavità della curva $f(x)$ è rivolta verso l'alto) e raggiunge il massimo in $x = b$ (punto di flesso); di conseguenza anche la derivata cresce e raggiunge il massimo in b;
- nel tratto (b, c) l'angolo va diminuendo al crescere di x e si annulla per $x = c \Rightarrow$ anche la derivata decresce e diventa zero sul punto $x = c$.

- nel tratto *(c, d)* l'angolo è negativo e va aumentando in valore assoluto; in $x = d$ raggiunge il suo valore minimo ⇒ identico comportamento si può osservare nella derivata.

Si riportano, come esempi, alcune rappresentazioni di funzioni elementari per le quali l'analisi grafica permette l'individuazione semplice dell'andamento delle funzioni derivate.

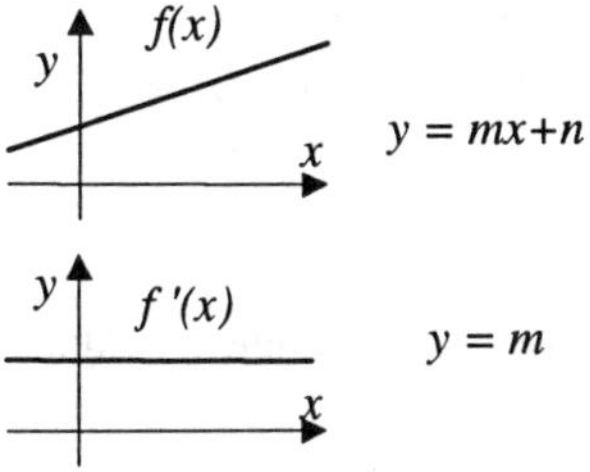

la pendenza di una retta è costante!

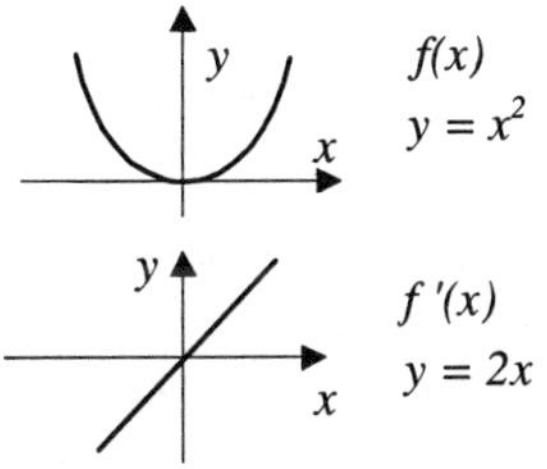

la pendenza di una parabola cresce linearmente

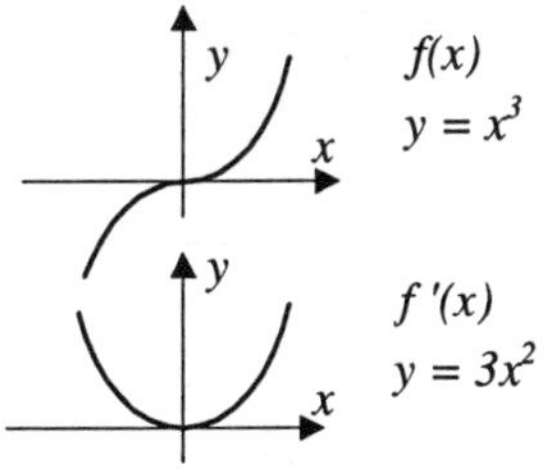

la pendenza di una cubica varia parabolicamente

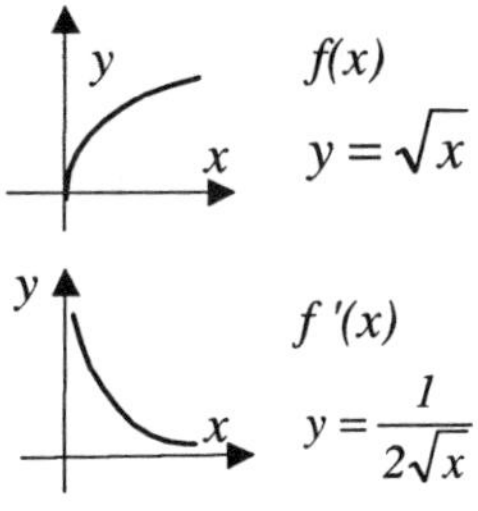

la pendenza di una radice di grado 1/2 decresce come un'iperbole $x^{-1/2}$

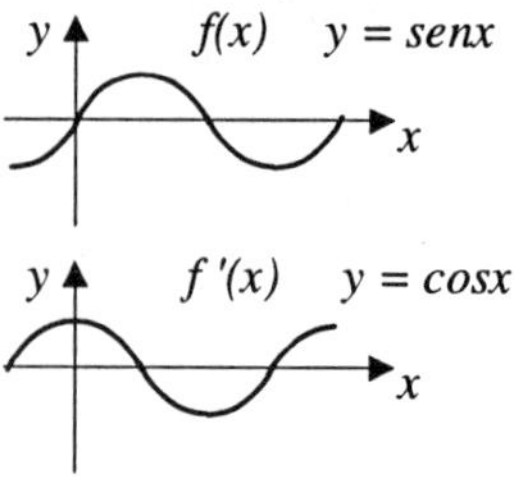

la pendenza di una sinusoide varia cosinusoidalmente

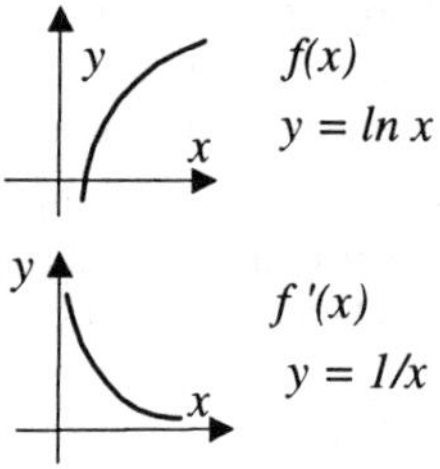

la pendenza di un logaritmo varia iperbolicamente

3.3 Regole di derivazione

Date due funzioni $y = g(x)$ e $y = h(x)$, derivabili nel punto x, risultano valide le regole di derivazione:

Funzione	Derivata
$y = k f(x)$	$y' = k f'(x)$
$y = g(x) \pm h(x)$	$y' = g'(x) \pm h'(x)$
$y = g(x) \,.\, h(x)$	$y' = g'(x)\, h(x) + g(x)\, h'(x)$
$y = \dfrac{g(x)}{h(x)}$	$y' = \dfrac{g'(x)\, h(x) - g(x) h'(x)}{[h(x)]^2}$
$y = \lvert g(x) \rvert$	$y' = g'(x) \dfrac{g(x)}{\lvert g(x) \rvert}$
$y = g(x)^{h(x)}$	$y' = g(x)^{h(x)} \left[h'(x) \ln g(x) + \dfrac{h(x)\, g'(x)}{g(x)} \right]$
$y = f[h(x)]$ con $h = h(x)$ e $y = f(h)$	$y' = \dfrac{dy}{dx} = \dfrac{df}{dx} = \dfrac{df}{dh} \cdot \dfrac{dh}{dx} = f'(h) \cdot h'(x)$

ESERCIZI SVOLTI

Funzione	Derivata
1) $y = 3\,x^2$	$y' = 6\,x$
2) $y = 4\,ln\,x$	$y' = \dfrac{4}{x}$
3) $y = x^4 + sen x$	$y' = 4\,x^3 + cos x$
4) $y = 2\,e^x - x^3$	$y' = 2\,e^x - 3\,x^2$
5) $y = x^2\,ln\,x$	$y' = 2\,x\,ln x + x^2\,\dfrac{1}{x}$
6) $y = sen x\,e^x$	$y' = cos x\,e^x + sen x\,e^x$
7) $y = \dfrac{ln x}{4\,x^2}$	$y' = \dfrac{1}{4}\,\dfrac{\dfrac{x^2}{x} - 2x\,ln\,x}{x^4}$
8) $y = \dfrac{x^3}{cos\,x}$	$y' = \dfrac{3\,x^2\,cos\,x + x^3\,sen x}{cos^2\,x}$
9) $y = \mid x^2 - x \mid$	$y' = (2x - 1)\dfrac{x^2 - x}{\lvert x^2 - x \rvert}$
10) $y = (\,x^2 - 1\,)^x$	$y' = (x^2 - 1)^x \left[1 \cdot ln(x^2 - 1) + \dfrac{x \cdot 2x}{x^2 - 1}\right]$

La derivazione delle funzioni composte viene effettuata rispettando la regola

$$y = f(\,h\,(x)\,) \longrightarrow y' = \frac{dy}{dx} = \frac{df}{dx} = \boxed{\frac{df}{dh}} \cdot \boxed{\frac{dh}{dx}}$$

derivata della funzione "più esterna" (rispetto ad h)

derivata della funzione "più interna" (rispetto ad x)

Esempi:

11) $y = sen x^3$ (dove $h = x^3$) $\qquad y' = cos x^3 . 3\,x^2$

12) $y = \sqrt{x^4 - x}$ $\qquad y' = \frac{1}{2\sqrt{x^4 - x}} \cdot \left(4\,x^3 - 1\right)$

La derivata di una funzione del tipo $y = f(\,g\,(\,h(x)\,)\,)$ va sviluppata adottando lo stesso procedimento del caso precedente.

$$y' = \frac{dy}{dx} = \frac{df}{dx} = \frac{df}{dg} \cdot \frac{dg}{dh} \cdot \frac{dh}{dx} = f'(\,g\,) \cdot g'(\,h\,) \cdot h'(\,x\,)$$

13) $y = sen^3 \sqrt{x}$ $\qquad y' = 3\,sen^2 \sqrt{x} \cdot cos \sqrt{x} \cdot \frac{1}{2\sqrt{x}}$

14) $y = ln(1 - x^2)^5$ $\qquad y' = \frac{1}{\left(1 - x^2\right)^5} \cdot 5\left(1 - x^2\right)^4 \cdot (-2x)$

Generalizzazioni

Una funzione può presentare alcuni termini composti. Lo sviluppo della derivata prevede l'applicazione delle regole esposte. Due esempi chiariscono il metodo.

15) $y = \left(x^3 - x\right)^2 - ln \frac{sen\,x}{x^5}$

$$y' = 2\left(x^3 - x\right)\left(3x - 1\right) - \frac{1}{\frac{sen\,x}{x^5}} \cdot \frac{cos\,x\;x^5 - sen\,x\;5x^4}{x^{10}}$$

16) $y = \frac{e^{2x} - ln\left(1 - x\right)}{sen^2\,x}$

$$y' = \frac{\left[e^{2x}\,2 - \frac{1}{1 - x}(-1)\right] sen^2\,x - \left[e^{2x} - ln\left(1 - x\right)\right] 2\,sen\,x\;cos\,x}{sen^4\,x}$$

3.4 Tesi di alcuni teoremi sulle derivate

T Se una funzione $y = f(x)$ è derivabile in intervallo, risulterà continua nello stesso intervallo (l'implicazione inversa non può essere generalizzata: una funzione continua in x_0 può, in tale punto, essere non derivabile).

Esempio: la funzione $y = \sqrt{|x|}$, continua in ogni punto appartenente ad R, ha come derivata $y = 1/(2\sqrt{x})$ per $x > 0$ e $y = -1/(2\sqrt{-x})$ per $x < 0$. Nel punto $x = 0$ tale derivata presenta una discontinuità e quindi la funzione data risulta non derivabile.

T se una funzione $y = f(x)$ risulta derivabile ed invertibile nell'intervallo (a,b), con funzione inversa $x = \varphi(y)$, allora la derivata di $\varphi(y)$ rispetto ad y è, nello stesso intervallo,

$$\varphi'(y) = 1/f'(x) .$$

Nota: si ricorda che una funzione $y = f(x)\colon D \to C$, definita su un dominio D (insieme dei valori della variabile x che hanno, in base alla legge assegnata $f(x)$, un valore y corrispondente) che ha come codominio C (insieme dei valori assunti dalla variabile dipendente y), è invertibile se esiste una funzione $x = f^{-1}(y)=\varphi(y)$ tale che

$$f^{-1}[f(x)] = x \quad per \quad \forall x \in D.$$

Si dimostra che una funzione risulta invertibile se, e solo se, è biiettiva (l'individuazione in modo univoco della x a partire dalla $f(x)$ implica la corrispondenza biunivoca tra dominio D e codominio C). Data la natura biunivoca della relazione dovrà accadere anche

$$f[f^{-1}(y)] = y \quad per \quad \forall y \in C$$

Esempi:

diretta: $y = x^3$ $\qquad y' = 3x^2$

inversa: $x = \sqrt[3]{y}$ $\qquad x' = \dfrac{1}{3\sqrt[3]{y^2}}$

si ha infatti $\dfrac{1}{3\sqrt[3]{y^2}} = \dfrac{1}{3\sqrt[3]{x^6}} = \dfrac{1}{3x^2}$

diretta: $y = senx$ $\quad y' = cosx$

inversa: $x = arcseny$ $\quad x' = \dfrac{1}{\sqrt{1-y^2}}$

accade infatti $\dfrac{1}{\sqrt{1-y^2}} = \dfrac{1}{\sqrt{1-sen^2 x}} = \dfrac{1}{cos x}$

T **Teorema di Rolle** : data la funzione $y = f(x)$ continua nell'intervallo chiuso $[a,b]$ e derivabile in (a,b), se accade $f(a) = f(b)$ allora esiste almeno un punto c interno ad $[a,b]$ dove si ha $f'(c) = 0$.

possibile schema illustrativo

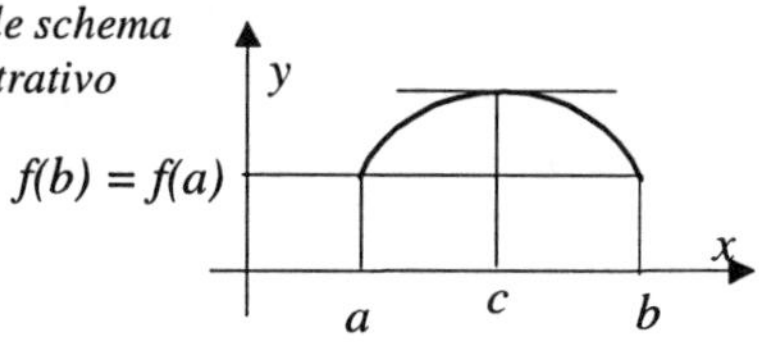

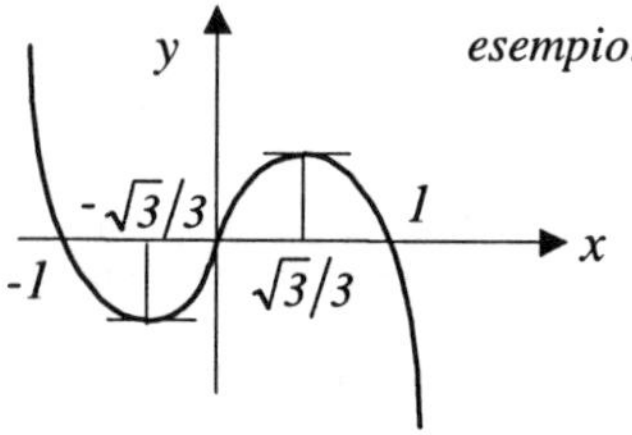

esempio: $y = -x^3 + x$

$f(-1) = f(1) = 0$

$y' = -3x^2 + 1$

$c_1 = -\sqrt{3}/3$

$c_2 = \sqrt{3}/3$

T **Teorema di Lagrange** o del valore medio : data la funzione $y = f(x)$ continua nell'intervallo chiuso $[a,b]$ e derivabile in $(a,b) \rightarrow$ esiste almeno un punto c interno ad $[a,b]$ dove accade

$$f'(c)=\frac{f(b)-f(a)}{b-a}$$

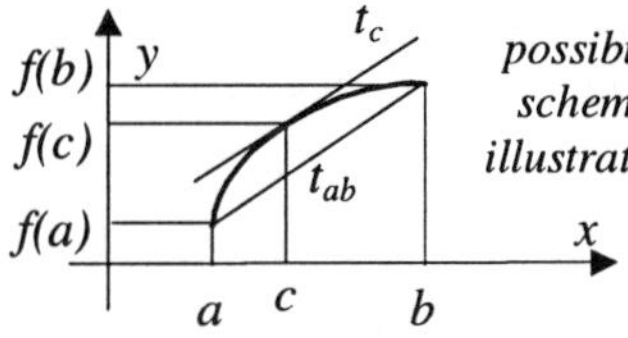

possibile schema illustrativo

La tesi afferma l'esistenza di almeno un punto c con la retta t_c, tangente alla funzione, parallela a quella t_{ab} che passa per i due punti $(a, f(a))$, $(b, f(b))$. Il coefficiente angolare di t_c, uguale alla derivata $f'(c)$ nel punto c, è identico a quello $[f(b) - f(a)]/(b-a)$ della retta t_{ab}.

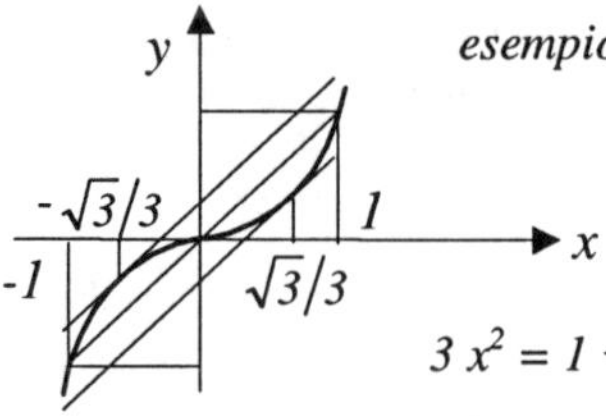

esempio: $y = x^3$

$y' = 3x^2$

$$3x^2 = 1 \longrightarrow \begin{array}{l} c_1 = -\sqrt{3}/3 \\ c_2 = \sqrt{3}/3 \end{array}$$

Considerazioni

1) Il teorema di Rolle è un caso particolare di quello di Lagrange ($f(b)=f(a) \rightarrow f'(c)=0$).
2) Se $f'(x) > 0$ per ogni $x \in (a,b) \rightarrow$ la funzione risulta **strettamente crescente** nell'intervallo considerato. La condizione di positività assicura infatti $[f(x_2) - f(x_1)]/(x_2 - x_1) > 0$, e se $x_2 > x_1$ accade $f(x_2) > f(x_1)$ per $\forall\, x_2, x_1 \in (a,b)$. La negatività della derivata $f'(x) < 0$ individua una funzione **strettamente decrescente** in (a,b) (**1°corollario**).
3) Se una funzione $y = f(x)$ ha, per ogni $x \in (a,b)$, $f'(x) = 0$ allora $f(x)$ è costante nell'intervallo (a,b) (***2°corollario***).
4) Se due funzioni $g(x)$ ed $h(x)$ hanno, in (a,b), $g'(x) = h'(x)$ dovrà essere vera la relazione $g(x) = h(x) + k$ (le due funzioni differiscono per una costante aggiuntiva - **3° corollario**);

T **teorema di Cauchy**: date due funzioni $g(x)$ ed $h(x)$ continue nell'intervallo chiuso $[a,b]$ e derivabili in (a,b) con $h'(x) \neq 0$ per ogni $x \in (a,b) \rightarrow$ esiste almeno un punto c dove accade

$$\frac{g'(c)}{h'(c)} = \frac{g(b)-g(a)}{h(b)-h(a)}$$

Diremo che il punto $M(x_0, f(x_0))$ è un ***massimo relativo*** della funzione $y = f(x)$ se esiste un intorno I di x_0 tale che per ogni $x \in I$ accade $f(x) \leq f(x_0)$. Il punto $M(x_0, f(x_0))$ è un ***minimo relativo*** di $y = f(x)$ se esiste I di x_0 tale che per ogni $x \in I$ si ha $f(x) \geq f(x_0)$.
Il massimo ed il minimo relativo vengono detti *propri* se le relazioni risultano vere in senso stretto $f(x) < f(x_0)$ o $f(x) > f(x_0)$.
Un punto $M(x_0, f(x_0))$ è un ***massimo assoluto*** della funzione $y = f(x)$ nell'intervallo considerato $I_n = [a,b]$ se per ogni $x \in I_n$ accade $f(x) \leq f(x_0)$. In modo analogo M è un ***minimo assoluto*** se per ogni $x \in I_n$ si ha $f(x) \geq f(x_0)$.

Esempi di schemi illustrativi

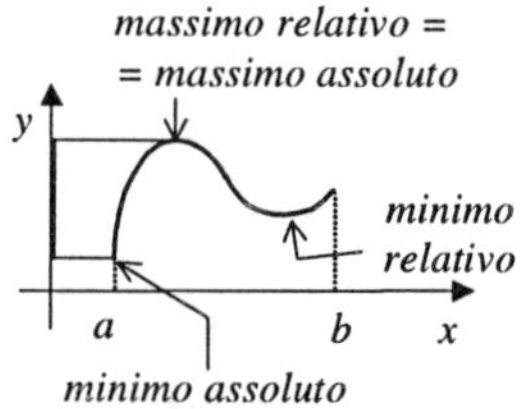

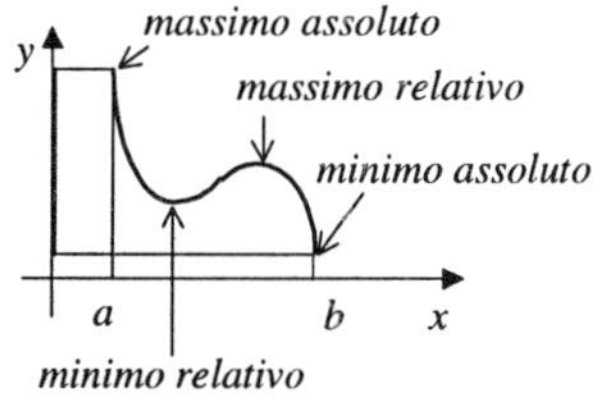

Esempi

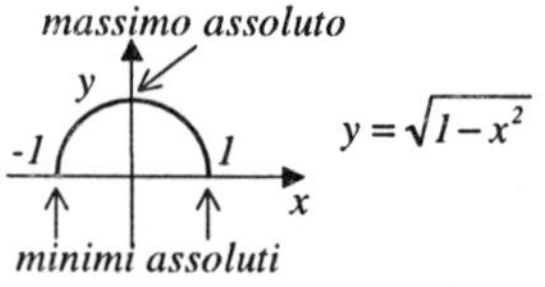

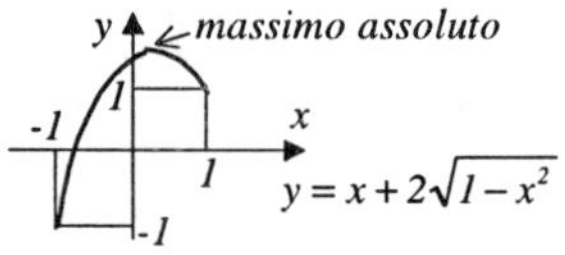

T Una funzione $y = f(x)$ risulta derivabile nei punti di massimo o di minimo relativo ed ha $f'(x_M) = 0$.

T una funzione $y = f(x)$ derivabile n volte in un intervallo $I_n = [a,b]$ che ha in $x_0 \in (a,b)$

$f'(x_0) = f''(x_0) = \ldots = f^{n-1}(x_0) = 0$ presenta in $M(x_0, f(x_0))$ *un*

- *massimo relativo se* $f^n(x_0) < 0$

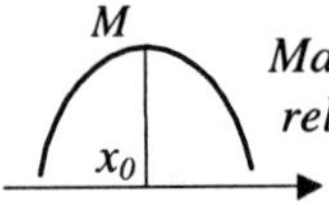

- *minimo relativo se* $f^n(x_0) > 0$

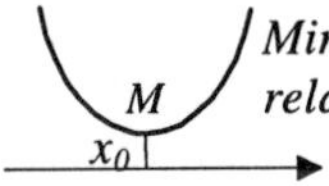

in particolare:

$f'(x_0) = 0,\ f''(x_0) < 0$ → *massimo relativo*

$f'(x_0) = 0,\ f''(x_0) > 0$ → *minimo relativo*

T Una funzione $y = f(x)$ derivabile due volte, in $\forall$ punto x di $I_n = [a,b]$, volge in questo intervallo

- la concavità verso l'alto se $f''(x) > 0$,
- la concavità verso il basso se $f''(x) < 0$.

Accade infatti

$f''(x) > 0$	La derivata seconda positiva implica una pendenza α_P' positiva della derivata prima	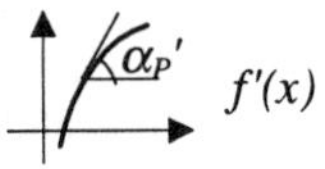
$\alpha_P' > 0$	La pendenza positiva implica una derivata prima $f'(x)$ crescente	
$f'(x)$ crescente	La derivata prima crescente implica la pendenza α_P crescente della funzione e quindi la concavità verso l'alto di $f(x)$.	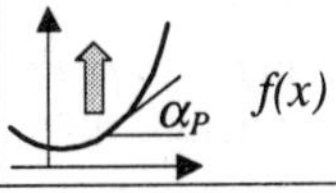

Nota: con le opportune modifiche è possibile illustrare, in modo analogo, anche la seconda affermazione.

T Una funzione $y = f(x)$ derivabile due volte in $I_n = [a,b]$ presenta in $M(x_0, f(x_0))$ un ***punto di flesso*** se $f''(x_0) = 0$, $f'''(x_0) \neq 0$ (punto di inversione della concavità).

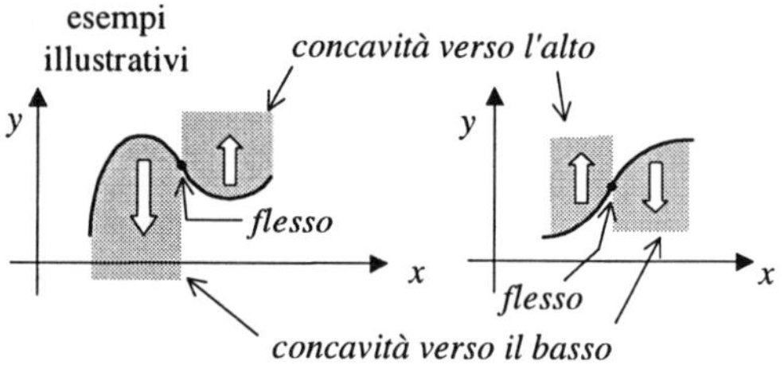

3.5 Continuità e derivabilità

T Se una funzione $y = f(x)$ è derivabile in un intervallo $[a, b]$, cioè se esiste il limite finito del rapporto incrementale nell'intorno dei punti di $[a, b]$, risulterà anche continua nello stesso intervallo. La derivabilità implica la continuità. Non è sempre vera l'affermazione inversa: una funzione può essere continua in un punto x_0 e presentare, in x_0, una non derivabilità. Esempio:

$y = \sqrt[3]{x}$, continua per $\forall x \in R$, ha come derivata $y' = \dfrac{1}{3\sqrt[3]{x^2}}$

che presenta, in $x = 0$, una discontinuità e che quindi implica, in tale punto, la non derivabilità della funzione data (flesso a tangente verticale).

Diremo che in x_0 la funzione $f(x)$, ***continua ma non derivabile***, presenta:

- un ***punto angoloso*** se la derivata sinistra e quella destra risultano entrambe finite ma diverse fra loro $f'(x_0^-) \neq f'(x_0^+)$

(il significato cartesiano viene evidenziato dall'esempio $y = e^{|x-1|}$ rappresentato in figura. Questa funzione, pur essendo continua per $\forall x \in R$, risulta non derivabile per $x_0 = 1$);

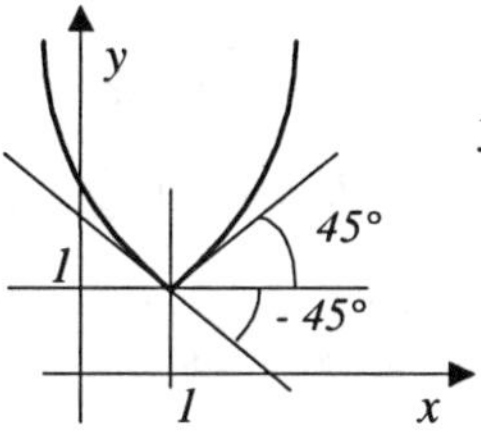

$$y = e^{|x-1|} = \begin{cases} e^{x-1} \ per\ x \geq 1 \\ e^{1-x} \ per\ x < 1 \end{cases}$$

$$y' = \begin{cases} e^{x-1} \ per\ x > 1 \\ -e^{1-x} \ per\ x < 1 \end{cases}$$

$f'(1^-) = -1$ $\quad$ $f'(1^+) = 1$

- una ***cuspide*** se la derivata sinistra e quella destra sono entrambe infinite ma di segno diverso (la curva ha per tangente, sia a destra che a sinistra di x_0, una retta parallela all'asse y):

$$\lim_{\Delta x \to 0^+} \frac{\Delta y}{\Delta x} = +\infty \quad e \quad \lim_{\Delta x \to 0^-} \frac{\Delta y}{\Delta x} = -\infty$$

oppure

$$\lim_{\Delta x \to 0^+} \frac{\Delta y}{\Delta x} = -\infty \quad e \quad \lim_{\Delta x \to 0^-} \frac{\Delta y}{\Delta x} = +\infty$$

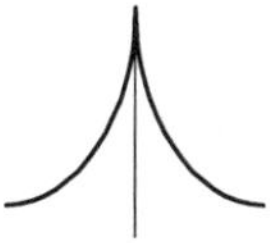

esempio: la funzione $y = | x^{1/3} |$ presenta un punto di non derivabilità in $x_0 = 0$

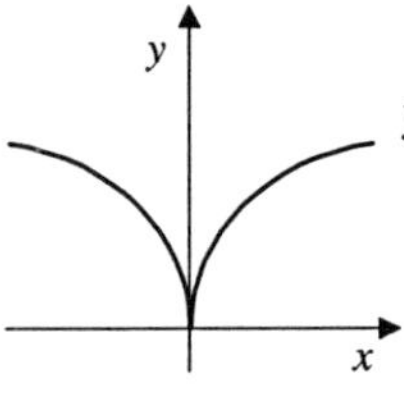

$$y = |\sqrt[3]{x}| = \begin{cases} \sqrt[3]{x} & per\, x \geq 0 \\ -\sqrt[3]{x} & per\, x < 0 \end{cases}$$

$$y' = \begin{cases} 1/\left(3\sqrt[3]{x^2}\right) & per\, x > 0 \\ -1/\left(3\sqrt[3]{x^2}\right) & per\, x < 0 \end{cases}$$

- un ***flesso a tangente verticale*** se la derivata sinistra e quella destra sono entrambe infinite e dello stesso segno:

$$\lim_{\Delta x \to 0^+} \frac{\Delta y}{\Delta x} = +\infty \quad e \quad \lim_{\Delta x \to 0^-} \frac{\Delta y}{\Delta x} = +\infty$$

flesso crescente :

esempio: $y = \sqrt[3]{x}$
$\rightarrow y = 1/\left(3\sqrt[3]{x^2}\right)$

$$\lim_{\Delta x \to 0^+} \frac{\Delta y}{\Delta x} = -\infty \quad e \quad \lim_{\Delta x \to 0^-} \frac{\Delta y}{\Delta x} = -\infty$$

flesso decrescente :

esempio: $y = \sqrt[3]{-x}$
$\rightarrow y = -1/\left(3\sqrt[3]{x^2}\right)$

Esercizi di verifica

Trovare la derivata prima delle seguenti funzioni

1) $y = \sqrt[3]{x^4} + 2\, sen\, x$

2) $y = \dfrac{x^3 + x}{ln\, x}$

3) $y = 3\left(\sqrt{x} - e^x x\right)$

4) $y = \dfrac{x^2\, sen\, x}{e^x}$

5) $y = \sqrt{x^3 - x}$

6) $y = sen^3\,(1\text{-}x)$

7) $y = e^{2\left(x^2 - sen\, x\right)}$

8) $y = (x^2 - 1)\, ln^3\, x^2$

9) $y = \dfrac{cos^2\, x}{x^2 - x^3}$

10) $y = \dfrac{1 - e^{3x}}{ln\, x^2}$

Soluzioni

1) $y' = \dfrac{4}{3}\sqrt[3]{x} + 2\cos x$

2) $y' = \dfrac{\left(3x^2 + 1\right)ln\, x - \dfrac{x^3 + x}{x}}{ln^2\, x}$

3) $y' = 3\left(\dfrac{1}{2\sqrt{x}} - e^x x - e^x\right)$

4) $y' = \dfrac{\left(2x\, sen\, x + x^2 \cos x\right)e^x - e^x x^2\, sen\, x}{e^{2x}}$

5) $y' = \dfrac{3x^2 - 1}{2\sqrt{x^3 - x}}$

6) $y' = -\, 3\ sen^2\, (1\text{-}x)\, cos\, (1\text{-}x)$

7) $y' = e^{2\left(x^2 - sen\, x\right)}\, 2\, \left(2x - \cos x\right)$

8) $y' = 2x\, ln^3\, x^2 + (x^2 - 1)\, 3\, ln^2\, x^2\, 2x / x^2$

9) $y' = \dfrac{-2\cos x\, sen\, x\left(x^2 - x^3\right) - cos^2\, x\, \left(2x - 3x^2\right)}{\left(x^2 - x^3\right)^2}$

10) $y' = \dfrac{-e^{3x}\, 3\, ln\, x^2 - \left(1 - e^{3x}\right)\dfrac{2x}{x^2}}{ln^2\, x^2}$

4 DIFFERENZIALE

4.1 Equazione della retta tangente alla funzione $y = f(x)$ nel punto $(t, f(t))$

Data una funzione $y = f(x)$, derivabile in $x = t$, è possibile individuare l'equazione della retta tangente alla funzione nel punto $(t, f(t))$ utilizzando la formula

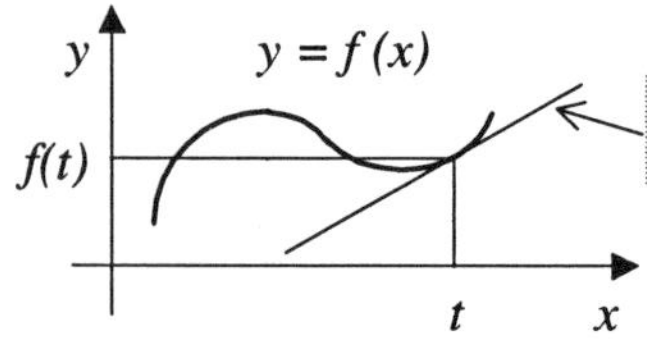

$$y - f(t) = f'(t)\,(x - t)$$

Esempi

1) Retta nel punto di ascissa $x = 1$ della funzione $y = x^3$ ed ordinata $y(1) = 1$

$$y = x^3 \qquad y' = 3x^2$$

$$y(1) = 1 \qquad y'(1) = 3$$

$$\downarrow$$

$$y - 1 = 3\,(x - 1)$$

$$y = 3x - 2$$

2) Retta nel punto di ascissa $x = \pi/3$ della funzione $y = sen x$ ed ordinata $y(\pi/3) = \sqrt{3}/2$

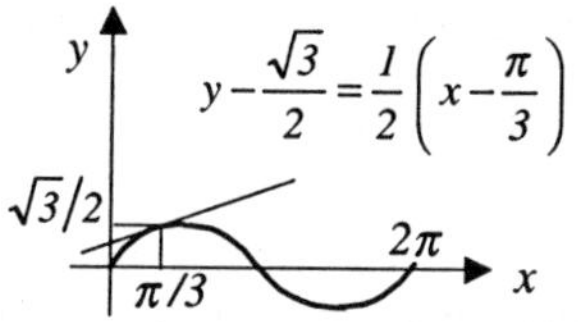

$y = senx$ $y' = cosx$

$y(\pi/3)=\sqrt{3}/2$ $y'(\pi/3)=1/2$

4.2 Concetto di differenziale

Si definisce differenziale dy della funzione $y = f(x)$ nel punto generico x_0 la funzione infinitesima per $x \to x_0$

$$dy = f'(x_0)\,\Delta x$$

Il significato geometrico è evidenziato dalle figure che, come esempio, considerano un intorno destro di x_0 di due funzioni crescenti. Il differenziale $f'(x_0)\,\Delta x$ può essere visto come una funzione lineare infinitesima del tipo $y = m\,x$ rispetto al sistema cartesiano $(\Delta x,\ dy)$. Si tratta dell'ordinata della retta s tangente alla funzione nel punto considerato $dy = y_s - y(x_0) = f'(x_0)\,(x - x_0)$.

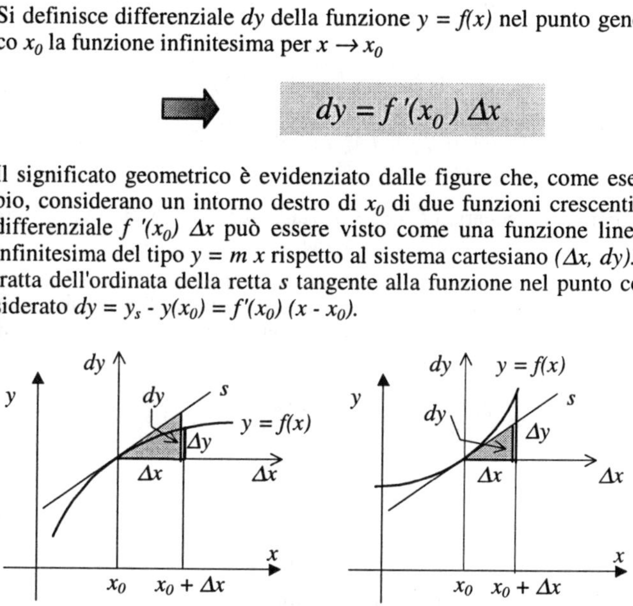

Nota: applicando la definizione alla funzione $y = x$ si scopre che $dy = dx = \Delta x$ e quindi il differenziale si può scrivere nella forma

$$dy = f'(x_0)\,dx$$

Data la definizione risulta molto semplice differenziare una funzione generica.
Esempio: $y = 3\ sen(x^3+x) \quad \rightarrow \quad dy = 3\cos(x^3+x)(3x^2+1)\ dx$

4.3 Serie di Taylor

T Data una funzione $y = f(x)$, definita e indefinitamente derivabile *(esiste la derivata $f^n(x)$ di ordine n per ogni $n \in N$)* in un intervallo $I=[a,b]$ e dati x_0 e $x = x_0+\Delta x$ due punti appartenenti ad I, è possibile scrivere il valore assunto dalla funzione f in $x \in I$ attraverso la serie di potenze:

$$f(x) = f(x_0) + (x-x_0)f'(x_0) + \frac{(x-x_0)^2}{2!}f''(x_0) + \ldots + \frac{(x-x_0)^n}{n!}f^n(x_0) + \ldots$$

Il coefficiente generico $f^n(x_0) / n!$ stabilisce il contributo che la potenza $(x-x_0)^n$ fornisce alla somma totale.

La relazione viene spesso utilizzata per approssimare il valore $f(x)$ assunto dalla funzione nel punto x ad una somma di n termini algebrici del tipo $k_n\,(x - x_0)^n$. Il numero n determina il grado di approssimazione.

$$f(x) = f(x_0) + \ldots + \frac{(x-x_0)^n}{n!}f^n(x_0) + o(x-x_0)$$

dove

$$o(x-x_0) = \sum_{i=n+1}^{+\infty} \frac{(x-x_0)^i}{i!} f^i(x_0)$$

Il polinomio $o(x-x_0)$ rappresenta l'errore commesso nel considerare

$$f(x) \approx f(x_0) + \ldots + \frac{(x-x_0)^n}{n!}f^n(x_0)$$

Tale polinomio è un infinitesimo, per $x \to x_0$, di ordine superiore rispetto a tutti i termini del polinomio di Taylor che lo precedono.
Accade dunque che $\lim_{x \to x_0} \frac{o(x-x_0)}{(x-x_0)^m} = 0$ per $\forall\ m :\ 1 \le m \le n$.

Se $x_0 = 0$ lo sviluppo è noto come serie di Mac Laurin:

$$f(x) = f(0) + x f'(0) + \frac{x^2}{2!} f''(0) + \ldots + \frac{x^n}{n!} f^n(0) + o(x)$$

L'esempio di figura, applicato allo sviluppo della funzione $y = e^x$ sul punto $x_0 = 0$ con $n = 2$, fornisce una giustificazione cartesiana del processo di approssimazione.
Nota: lo sviluppo fatto nell'intorno destro dell'esempio, scelto per semplificare l'illustrazione del concetto, implica una somma di tutti termini positivi.

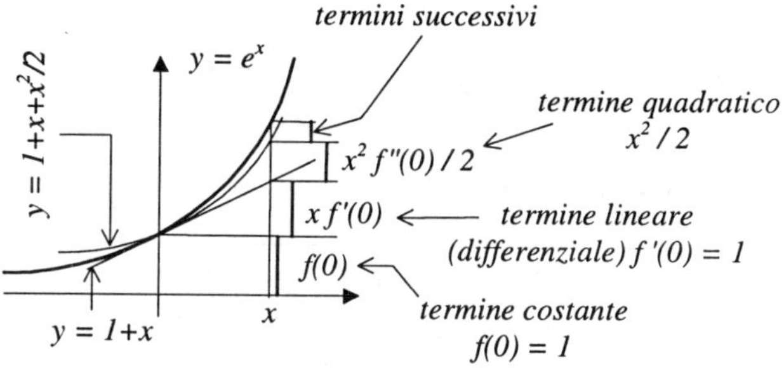

$$e^x = 1 + x + x^2/2 + \textit{termini successivi}$$

In particolare se $x = 1$ si ha

$$e = 1 + 1 + \frac{1}{2!} + \frac{1}{3!} + \frac{1}{4!} + \ldots + \frac{1}{n!} + \ldots \approx 2{,}71828$$

4.4 Tabella dello sviluppo in serie di alcune funzioni elementari sul punto di ascissa zero

$$(1+x)^m = 1 + mx + \frac{m(m-1)}{2}x^2 + \frac{m(m-1)(m-2)}{6}x^3 + \ldots$$

dove

$$\frac{m(m-1)(m-2)\ldots(m-n+1)}{n!} = \binom{m}{n}$$

1)	$(1+x)^m = 1 + \binom{m}{1}x + \binom{m}{2}x^2 + \binom{m}{3}x^3 + \ldots + \binom{m}{n}x^n + \ldots$
2)	$sen\,x = x - \frac{x^3}{3!} + \frac{x^5}{5!} - \frac{x^7}{7!} + \ldots + (-1)^n \frac{x^{2n+1}}{(2n+1)!} + \ldots$
3)	$cos\,x = 1 - \frac{x^2}{2!} + \frac{x^4}{4!} - \frac{x^6}{6!} + \ldots + (-1)^n \frac{x^{2n}}{(2n)!} + \ldots$
4)	$tgx = x + \frac{1}{3}x^3 + \frac{2}{15}x^5 + \ldots.$
5)	$arcsenx = x + \frac{x^3}{6} + \frac{x^5}{40} + \ldots + \frac{1\cdot 3\cdots(2n-1)}{2\cdot 4\cdots(2n)} \frac{x^{2n+1}}{(2n+1)} + \ldots$
6)	$arccos\,x = \frac{\pi}{2} - arcsen\,x = \frac{\pi}{2} - x - \frac{x^3}{6} - \frac{x^5}{40} - \ldots$
7)	$arctg\,x = x - \frac{x^3}{3} + \frac{x^5}{5} - \frac{x^7}{7} + \ldots + (-1)^n \frac{x^{2n+1}}{2n+1} + \ldots$

8)	$ln\ (1+x)=x-\frac{x^2}{2}+\frac{x^3}{3}-\frac{x^4}{4}+\ldots-(-1)^n\ \frac{x^n}{n}+\ldots$
9)	$e^x=1+x+\frac{x^2}{2!}+\frac{x^3}{3!}+\frac{x^4}{4!}+\ldots+\frac{x^n}{n!}+\ldots$

4.5 Uso delle derivate nella ricerca dei limiti

4.5.1 Uso dello sviluppo in serie di Taylor

Lo sviluppo in serie di una funzione $f(x)$ spesso semplifica la ricerca dei limiti indeterminati. Tale sviluppo permette infatti di confrontare i termini del polinomio di Taylor con il comportamento, nell'intorno di x_0, della funzione che, insieme con la $f(x)$, crea l'indeterminazione. Alcuni esempi illustrano il procedimento.

Esempi

1) $$\lim_{x\to 0}\frac{sen\,x}{x}=\lim_{x\to 0}\frac{x-\frac{x^3}{6}+o(x)}{x}=\lim_{x\to 0}\left[1-\frac{x^2}{6}+\frac{o(x)}{x}\right]=1$$

Il limite è facilmente individuabile perché $o(x)$ risulta un infinitesimo di ordine superiore rispetto a x^2 e quindi $\lim_{x\to 0} o(x)/x=0$.

2) $$\lim_{x\to 0}\frac{x-sen\,3x}{sen\,5x+2x}$$

Si osserva che, ponendo $\alpha = 3\,x$ e $\beta = 5\,x$, accade che, per $x\to 0$, si ha $\alpha\to 0$ e $\beta\to 0$. Sviluppando in serie le due funzioni $y = sen\ 3x$ e $y = sen5x$ si può scrivere:

$$sen\,3x=sen\alpha=\alpha-\frac{\alpha^3}{6}+o_1(\alpha)=3x-\frac{9x^3}{2}+o_1(x)$$

$$sen5x=sen\,\beta=\beta-\frac{\beta^3}{6}+o_2(\beta)=5x-\frac{125x^3}{6}+o_2(x)$$

e quindi

$$\lim_{x\to 0}\frac{x-sen3x}{sen5x+2x}=\lim_{x\to 0}\frac{x-3x+\frac{9x^3}{2}+o_1(x)}{2x+5x-\frac{125x^3}{6}+o_2(x)}=$$

$$=\lim_{x\to 0}\frac{-2+\frac{9x^2}{2}+\frac{o_1(x)}{x}}{7-\frac{125x^2}{6}+\frac{o_2(x)}{x}}=-\frac{2}{7}$$

3) $\lim_{x\to 0}\frac{ln\left(x^2+1\right)}{5^{x^2}-1}$

Sviluppando in serie di Taylor sia il numeratore che il denominatore si ottiene:

$y = ln(x^2+1) \to y(0)=0;$ $\qquad y'=\frac{2x}{x^2+1} \to y'(0)=0;$

$y''=2\frac{1-x^2}{(x^2+1)^2} \to y''(0)=2 \quad\Rightarrow\quad ln(x^2+1)=x^2+o_1(x)$

$y=5^{x^2}-1 \to y(0)=0;$ $\qquad y'=2x\,5^{x^2} \to y'(0)=0;$

$y''=2\left(5^{x^2}+2x^2\,5^{x^2}\right) \to y''(0)=2 \quad\Rightarrow\quad 5^{x^2}-1=x^2+o_2(x)$

e quindi

$$\lim_{x\to 0}\frac{ln\left(x^2+1\right)}{5^{x^2}-1}=\lim_{x\to 0}\frac{x^2+o_1(x)}{x^2+o_2(x)}=\lim_{x\to 0}\frac{1+\frac{o_1(x)}{x^2}}{1+\frac{o_2(x)}{x^2}}=1$$

4.5.2 Applicazione della regola di De L'Hospital

T Il teorema afferma che, se:

- due funzioni $g(x)$ ed $h(x)$ risultano definite in un intervallo comune $I_n = I - x_0$ dove I è un intorno di x_0 (non necessariamente finito),
- $\lim_{x \to x_0} g(x) = \lim_{x \to x_0} h(x) = +\infty$ oppure $\lim_{x \to x_0} g(x) = \lim_{x \to x_0} h(x) = 0$
- $g(x)$ ed $h(x)$ sono derivabili in I_n,
- in I_n accade $h'(x) \neq 0$,
- esiste il limite $\lim_{x \to x_0} \frac{g'(x)}{h'(x)}$

allora si ha $$\lim_{x \to x_0} \frac{g(x)}{h(x)} = \lim_{x \to x_0} \frac{g'(x)}{h'(x)}$$

Attenzione: non è lecito applicare questo teorema se non sussiste il caso di indeterminazione!

La formula risulta molto comoda nella ricerca di limiti che presentano una indeterminazione del tipo $0/0$ o ∞/∞.
Tuttavia la regola può essere utilizzata anche per gli altri tipi di indeterminazione riconducendoli ad uno dei due casi precedenti:

$0 \quad \infty$	si può trasformare in $g(x)\,h(x) = g(x) / [1/h(x)]$	$0/0$
$0 \quad \infty$	si può trasformare in $g(x)\,h(x) = h(x) / [1/g(x)]$	∞/∞
$\infty - \infty$	si può trasformare in $g(x) - h(x) = [1 - h(x)/g(x)] / [1/g(x)]$	$0/0$

e, ricordando che $g(x)^{h(x)} = e^{h(x) \ln g(x)}$, si ha:

1^{∞}	si può trasformare in	$\infty \quad 0$

0^0	si può trasformare in	$0 \quad \infty$
∞^0	si può trasformare in	$0 \quad \infty$

Esempi

1) $$\lim_{x\to 0}\frac{sen\,x}{x} = \lim_{x\to 0}\frac{cos\,x}{1} = 1$$

2) $$\lim_{x\to 0}\frac{x - sen\,3x}{sen\,5x + 2x} = \lim_{x\to 0}\frac{1 - 3\cos 3x}{5\cos 5x + 2} = -\frac{2}{7}$$

3) $$\lim_{x\to 0}\frac{ln\left(x^2+1\right)}{5^{x^2}-1} = \lim_{x\to 0}\frac{\frac{2x}{x^2+1}}{2\,x\,5^{x^2}} = \lim_{x\to 0}\frac{1}{\left(x^2+1\right)x\,5^{x^2}} = 1$$

4) $$\lim_{x\to 1^+} x^{\frac{1}{x-1}} = \lim_{x\to 1^+} e^{\frac{1}{x-1}\ln x} = e^{\lim\limits_{x\to 1^+}\frac{1/x}{1}} = e$$

5) $$\lim_{x\to 0^+} x^x = \lim_{x\to 0^+} e^{\,x\ln x} = e^{\lim\limits_{x\to 0^+}\frac{\ln x}{1/x}} = e^{\lim\limits_{x\to 0^+}\frac{1/x}{-1/x^2}} =$$

$$= e^{\lim\limits_{x\to 0^+}(-x)} = 1$$

6) $$\lim_{x\to +\infty} x^{\frac{1}{x}} = \lim_{x\to +\infty} e^{\frac{1}{x}\ln x} = e^{\lim\limits_{x\to +\infty}\frac{\ln x}{1/x}} = e^{\lim\limits_{x\to +\infty}\frac{1/x}{-1/x^2}} =$$

$$= e^{\lim\limits_{x\to +\infty}(-x)} = 0$$

Alcune considerazioni sul rapporto tra due infinitesimi

L'applicazione della regola di De L'Hospital al rapporto tra due infinitesimi $g(x)\,/\,h(x)$ per $x \to x_0$ sposta il confronto dalle funzioni ai coefficienti angolari $g'(x)\,/\,h'(x)$ delle rette tangenti in x_0 rispettivamente a $g(x)$ e $h(x)$.

$$\lim_{x \to x_0} \frac{g(x)}{h(x)} = \lim_{x \to x_0} \frac{g'(x)}{h'(x)} = \frac{g'(x_0)}{h'(x_0)} = \frac{m_g}{m_h}$$

Se tali coefficienti risultano entrambi finiti e diversi da zero i due infinitesimi sono dello stesso ordine.
Esempi: *senx /tgx in x=0, ln(x) / x-1 in x=1, ecc.*

infinitesimi dello stesso ordine

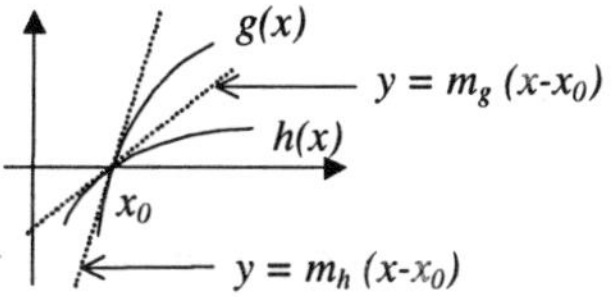

$$\lim_{x \to x_0} \frac{g(x)}{h(x)} = \frac{m_g}{m_h}$$

essendo

$g'(x) = m_g$

$h'(x) = m_h$

Nel caso $g'(x) = h'(x) = 0$ il confronto tra i due infinitesimi viene effettuato analizzando le derivate successive. In questo caso le tangenti in x_0 risultano entrambe coincidenti con l'asse *x*.

Esempio: $y = x^5$ e $y = x^3$ per $x_0 = 0$.

ESERCIZI DI VERIFICA

Trovare l'equazione della retta tangente alla funzione nel punto di ascissa indicato:

N.	*funzione*	ascissa
1)	$y = 2x^2 + 3$	$x = 1$
2)	$y = 1/(x-1)$	$x = 2$
3)	$y = 1/2 \cos(x+\pi/3)$	$x = \pi/2$
4)	$y = \ln(x^2+1)$	$x = 1$
5)	$y = e^{3x^2-1}$	$x = 0$

Trovare i limiti indicati sviluppando opportunamente in serie il numeratore ed il denominatore dell'espressione da studiare

6) $$\lim_{x \to 0} \frac{e^{3x^2} - 1}{2x^2 + x}$$

7) $$\lim_{x \to 0} \frac{2x}{\ln(x+1)}$$

8) $$\lim_{x \to 0} \frac{arctg\, x}{\ln(x+1)}$$

Trovare i limiti indicati utilizzando in modo opportuno la regola di De L'Hospital

9) $$\lim_{x \to 1} \frac{x^3 - x^2 + x - 1}{\ln(x^2 + x - 1)}$$

10) $$\lim_{x \to 0} \frac{\ln(2e^x - 1)}{sen\, x}$$

11) $$\lim_{x \to 0} \frac{3\, sen 4x}{tg 2x + \ln(x+1)}$$

12) $$\lim_{x \to 1} \frac{x^3 - x^2 - x + 1}{sen(x-1)}$$

13) $$\lim_{x \to 1/2} \frac{\ln^2(2x-1)}{2x^2 - x}$$

14) $$\lim_{x \to 1^+} [(x-1)\ln(x^2 - 1)]$$

SOLUZIONI

1) $y = 4x + 1$

2) $y = -x + 3$

3) $y = -\frac{x}{4} + \frac{2\pi + \sqrt{3}}{4}$

4) $y = x - 1 + \ln 2$

5) $y = 1/e$

6) $$\lim_{x\to 0}\frac{e^{3x^2}-1}{2x^2+x}$$

$$y=e^{3x^2}-1 \to y(0)=0\,; \qquad y'=6xe^{3x^2} \to y'(0)=0\,;$$

$$y''=6\left(e^{3x^2}+6x^2e^{3x^2}\right); \quad \to y''(0)=6 \quad \to$$

$$e^{3x^2}-1=3x^2+o_1(x)$$ e quindi

$$\lim_{x\to 0}\frac{e^{3x^2}-1}{2x^2+x}=\lim_{x\to 0}\frac{3x^2+o_1(x)}{2x^2+x}=\lim_{x\to 0}\frac{3+\frac{o_1(x)}{x^2}}{2+\frac{1}{x}}=0$$

7) $$\lim_{x\to 0}\frac{2x}{\ln(x+1)}=\lim_{x\to 0}\frac{2x}{x+o(x)}=\lim_{x\to 0}\frac{2}{1+\frac{o(x)}{x}}=2$$

8) $$\lim_{x\to 0}\frac{arctg\,x}{\ln(x+1)}=\lim_{x\to 0}\frac{x-\frac{x^3}{3}+o_1(x)}{x-\frac{x^2}{2}+o_2(x)}=\lim_{x\to 0}\frac{1-\frac{x^2}{3}+\frac{o_1(x)}{x}}{1-\frac{x}{2}+\frac{o_2(x)}{x}}=1$$

---

9) $$\lim_{x\to 1}\frac{x^3-x^2+x-1}{\ln\left(x^2+x-1\right)}=\lim_{x\to 1}\frac{3x^2-2x+1}{\frac{2x+1}{\left(x^2+x-1\right)}}=\frac{2}{3}$$

10) $$\lim_{x\to 0}\frac{\ln\left(2e^x-1\right)}{sen\,x}=\lim_{x\to 0}\frac{\frac{1}{2e^x-1}\cdot 2e^x}{\cos x}=2$$

11) $$\lim_{x\to 0}\frac{3\,sen4x}{tg2x+\ln(x+1)}=\lim_{x\to 0}\frac{3\cos 4x\cdot 4}{\frac{1}{\cos^2 2x}2+\frac{1}{x+1}}=\frac{12}{2+1}=4$$

12) $$\lim_{x\to 1} \frac{x^3 - x^2 - x + 1}{sen(x-1)} = \lim_{x\to 1} \frac{3x^2 - 2x - 1}{\cos(x-1)} = 0$$

13) $$\lim_{x\to 1/2} \frac{\ln^2(2x-1)}{x^2 - x} = \lim_{x\to 1/2} \frac{4\ln(2x-1)\frac{1}{2x-1}}{2x-1} =$$

$$\lim_{x\to 1/2} \frac{4\ln(2x-1)}{(2x-1)^2} = \lim_{x\to 1/2} \frac{8\frac{1}{2x-1}}{4(2x-1)} = \lim_{x\to 1/2} \frac{2}{(2x-1)^2} = +\infty$$

14) $$\lim_{x\to 1^+} \left[(x-1)\ln\left(x^2-1\right)\right] = \lim_{x\to 1^+} \frac{\ln\left(x^2-1\right)}{\frac{1}{x-1}} = \lim_{x\to 1^+} \frac{\frac{2x}{x^2-1}}{\frac{-1}{(x-1)^2}} =$$

$$\lim_{x\to 1^+} \frac{-2x\,(x-1)^2}{x^2-1} = \lim_{x\to 1^+} \frac{-2x\,(x-1)}{x+1} = 0$$

5 STUDIO DI FUNZIONI

Per studio di una funzione $y = f(x)$ si intende la ricerca delle informazioni ottenute analizzando matematicamente la struttura della formula e le relative implicazioni che forniscono il comportamento complessivo della legge e che permettono di costruire la rappresentazione grafica della funzione stessa.

5.1 Campo di esistenza *C.E.*

L'individuazione del campo di esistenza *C.E.* o dominio della funzione si ottiene mettendo a sistema tutte le equazioni e le disequazioni che garantiscono l'esistenza delle varie parti della relazione da studiare.

Le principali condizioni di esistenza sono:

1) denominatori diversi da zero $\Rightarrow$ $y = \dfrac{A(x)}{h(x)} \rightarrow h(x) \neq 0$

2) argomenti dei radicali con indice n pari ≥ 0

$$\Rightarrow \quad y = \sqrt[n]{g(x)} \quad \rightarrow \quad g(x) \geq 0$$

3) argomenti dei logaritmi > 0 $\Rightarrow$ $\log_a f(x) \rightarrow f(x) > 0$

4) argomenti della tangente diversi da $\pi/2 + k\pi$ *(con $k \in Z$)*

$$\Rightarrow \quad tg[f(x)] \rightarrow f(x) \neq \pi/2 + k\pi$$

5) argomenti dell'arcoseno o dell'arcocoseno compresi tra -1 ed 1

$$y = arcsen\, g(x) \rightarrow \begin{cases} g(x) \leq 1 \\ g(x) \geq -1 \end{cases}$$

ecc.

Esempio:

$$y=\frac{ln\left(x^2-1\right)+\sqrt{2x+1}}{x^2+x-2} \quad \rightarrow \quad C.E.=\begin{cases} x^2-1>0 \\ 2x+1\geq 0 \\ x^2+x-2\neq 0 \end{cases}$$

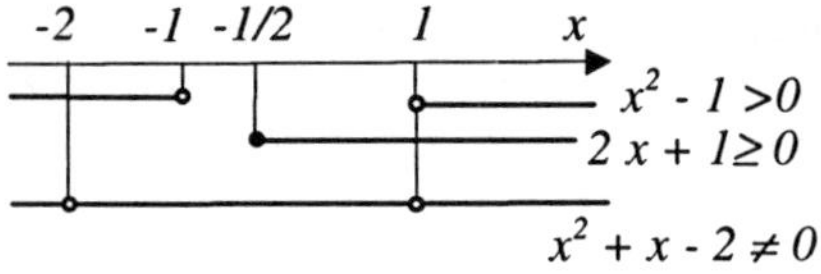

C.E. :
$\forall x \in R : x > 1.$

5.2 Intersezione con l'asse y

Se la funzione risulta definita per $x = 0$ è possibile trovare $y(0)$, l'intersezione con l'asse y, sostituendo $x = 0$ nella relazione $y = f(x)$.

Esempi: $y = e^{2x-1} \quad \rightarrow \quad \begin{cases} y=e^{2x-1} \\ x=0 \end{cases} \quad \rightarrow \quad y(0) = 1/e$

$$y=\frac{3x^2+x-1}{x^4-1} \quad \rightarrow \quad y(0) = 1$$

5.3 Individuazioni delle eventuali simmetrie

Le simmetrie più importanti sono:

- Simmetrica rispetto all'asse y. In questo caso ***la funzione*** risulta ***pari*** $f(-x) = f(x)$. L'esistenza di questa proprietà può essere rilevata sostituendo $-x$ alla variabile x della $f(x)$.

esempio

$$y=\frac{x^4-1}{x^2} \rightarrow \frac{(-x)^4-1}{(-x)^2}=\frac{x^4-1}{x^2}$$

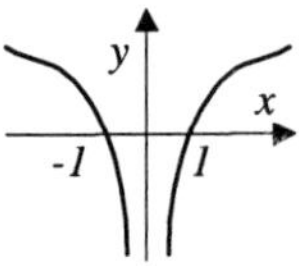

- Simmetrica rispetto all'origine del sistema di riferimento cartesiano. In questo caso la ***funzione*** è ***dispari*** *-f(-x) = f(x).*

esempio

$$y=\frac{x-x^3}{x^2} \rightarrow$$

$$-\frac{-x-(-x)^3}{(-x)^2}=-\frac{-x+x^3}{x^2}=\frac{x-x^3}{x^2}$$

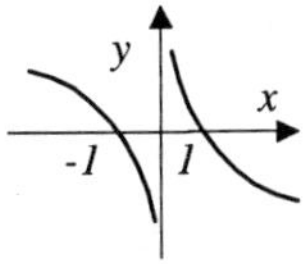

5.4 Periodicità

Una funzione è periodica di periodo T se, per ogni x appartenente al dominio di esistenza, accade $f(x) = f(x+T)$ *(l'ordinata si riproduce con periodicità T).*

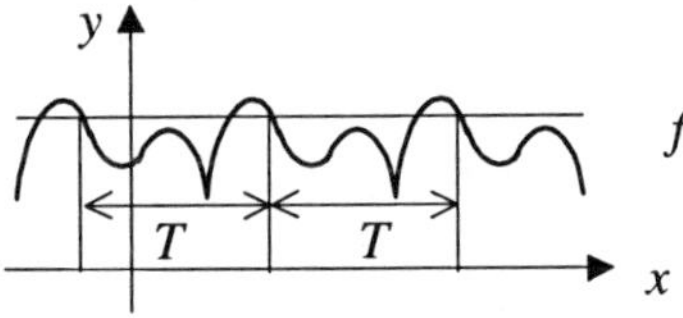

$f(x) = f(x+T)$

esempio

$y = 2 - 2\ sen^2 x$

di periodo π

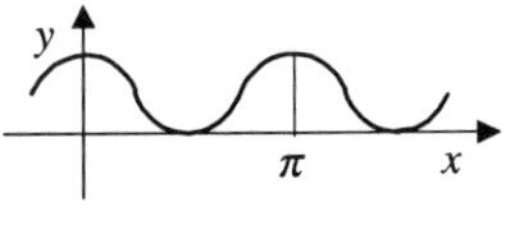

5.5 Individuazione del segno della funzione e degli eventuali zeri *(intersezioni con l'asse x)*

L'informazione si ottiene risolvendo la disequazione $f(x) \geq 0$ e individuando le zone dell'asse x che hanno un'ordinata positiva. Le soluzioni dell'equazione $f(x) = 0$ sono gli zeri della funzione. Tutte le altre zone incluse nel campo di esistenza hanno un'ordinata negativa. E' conveniente riassumere il segno della $f(x)$ con una rappresentazione del tipo illustrato nell'esempio schematico di figura:

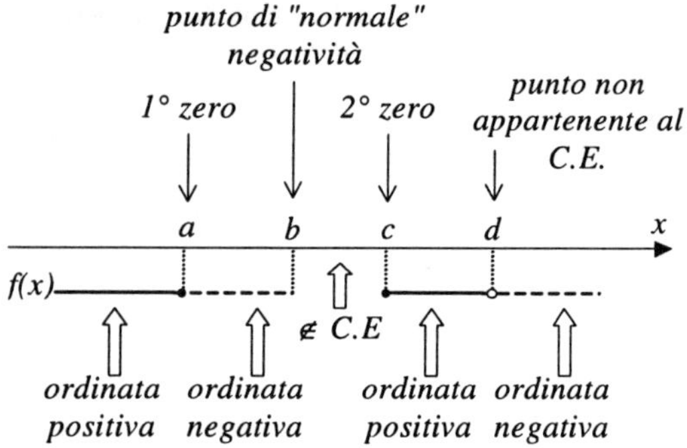

L'illustrazione viene poi tradotta in una prima "bozza di rappresentazione" della funzione:

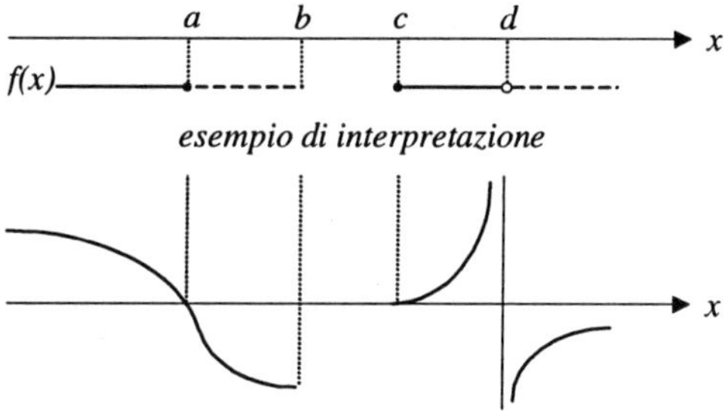

Esempio: $$y = \frac{x^3 - 3x}{\sqrt{x^2 - 5x + 4}}$$

$$\Rightarrow \begin{array}{ll} x^2 - 5x + 4 > 0 & \textit{assicura l'esistenza della funzione} \\ x\,(\,x^2 - 3\,) \geq 0 & \textit{individua il segno positivo della funzione} \end{array}$$

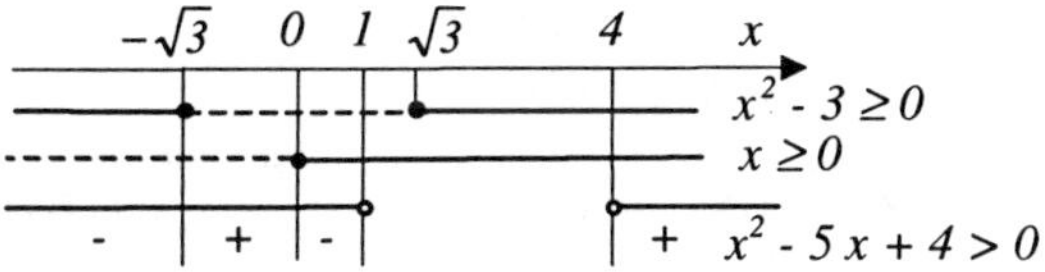

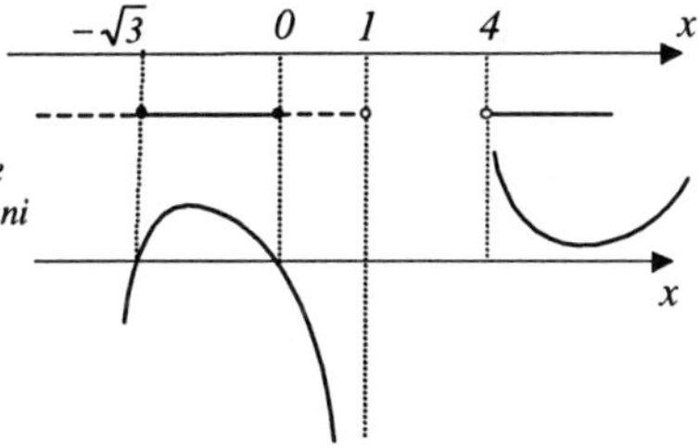

rappresentazione schematica dei segni della funzione

5.6 Comportamento della $f(x)$ nell'intorno dei punti di discontinuità

Il punto di discontinuità x_0 può non appartenere al campo di esistenza della funzione $y = f(x)$. Il comportamento della curva nell'intorno di tale punto si determina cercando i due limiti

$$\lim_{x \to x_0^+} f(x) \quad e \quad \lim_{x \to x_0^-} f(x)$$

I risultati dei due limiti permettono di descrivere il comportamento della curva nell'intorno di x_0. Una serie di esempi illustra la situazione:

1)

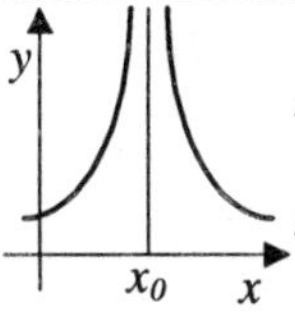

$$\lim_{x \to x_0^+} f(x) = +\infty$$

$$\lim_{x \to x_0^-} f(x) = +\infty$$

la funzione diverge a $+\infty$ per $x \to x_0$
esempio:
$y = 1/(x-1)^2$
$x_0 = 1$

$x = x_0$ è un asintoto verticale

2)

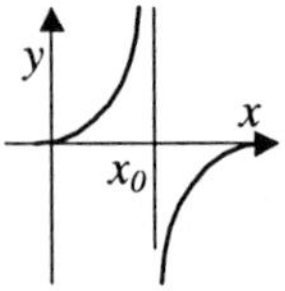

$$\lim_{x \to x_0^+} f(x) = -\infty$$

$$\lim_{x \to x_0^-} f(x) = +\infty$$

$x = x_0$ è un asintoto verticale

esempio:
$y = 3/(2-x)$
$x_0 = 2$

3)

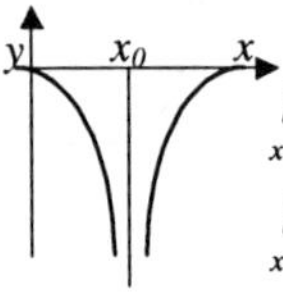

$$\lim_{x \to x_0^+} f(x) = -\infty$$

$$\lim_{x \to x_0^-} f(x) = -\infty$$

$x = x_0$ è un asintoto verticale

esempio:
$y = -1/(x-3)^2$
$x_0 = 3$

4)

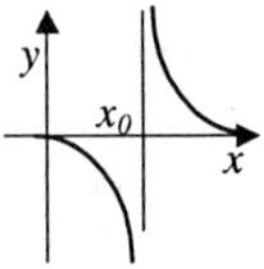

$$\lim_{x \to x_0^+} f(x) = +\infty$$

$$\lim_{x \to x_0^-} f(x) = -\infty$$

$x = x_0$ è un asintoto verticale

esempio:
$y = 1/(x-2)$
$x_0 = 2$

5)

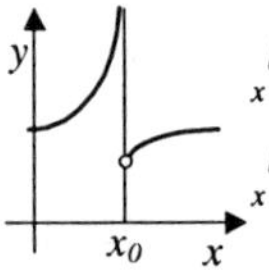

$$\lim_{x \to x_0^+} f(x) = l$$

$$\lim_{x \to x_0^-} f(x) = +\infty$$

$x = x_0$ è un asintoto verticale per il ramo di sinistra

esempio

$$y = 1 + e^{\frac{1}{1-x}}$$

$l = 1$
$x_0 = 1$

7)

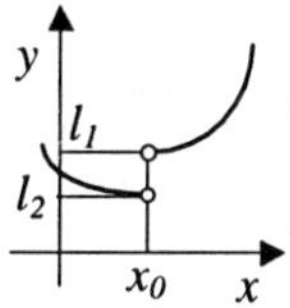

$$\lim_{x \to x_0^+} f(x) = l_1$$

$$\lim_{x \to x_0^-} f(x) = l_2$$

con $l_1 \neq l_2$

esempio

$$y = (x-1)^2 + \frac{x-1}{|x-1|} + 2$$

$$l_1 = 1\,, \quad l_2 = 1$$

$$x_0 = 1$$

8)

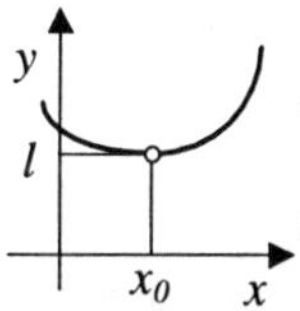

$$\lim_{x \to x_0^+} f(x) = l$$

$$\lim_{x \to x_0^-} f(x) = l$$

la funzione non è continua in x_0

esempio

$$y = \frac{x^3 - 3x^2 + 3x - 1}{x-1} + 2$$

$$l = 2$$

$$x_0 = 1$$

5.7 Comportamento della funzione per x $\to \pm \infty$

I limiti all'infinito, eseguiti per i casi con campi di esistenza illimitati, forniscono le informazioni che permettono di descrivere il comportamento delle ordinate man mano che le ascisse divergono. Una serie di esempi illustra la situazione.

- Se il limite diverge la funzione prevede un codominio illimitato.

1)

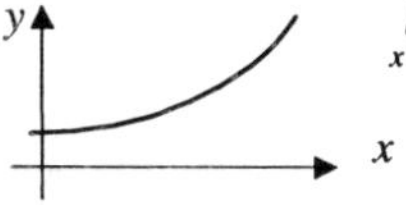

$$\lim_{x \to +\infty} f(x) = +\infty$$

esempio:

$$y = e^x$$

2)

$$\lim_{x \to +\infty} f(x) = -\infty$$

esempio:
$y = -x^2 + 1$

3)

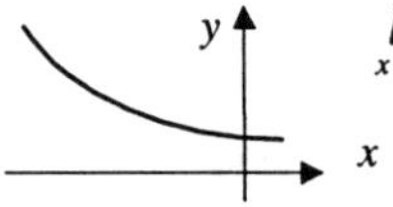

$$\lim_{x \to -\infty} f(x) = +\infty$$

esempio:
$y = e^{-x}$

4)

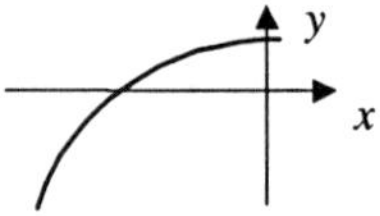

$$\lim_{x \to -\infty} f(x) = -\infty$$

esempio:
$y = -x^2 + 1$

- Se il limite converge ad un numero finito l la funzione ha un asintoto orizzontale $y = l$.

5 a)

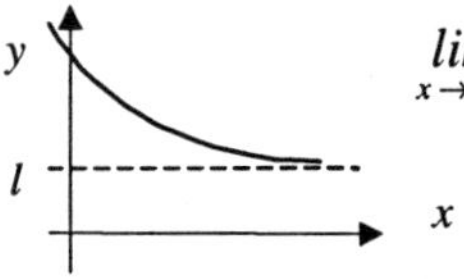

$$\lim_{x \to +\infty} f(x) = l$$

esempi:
$y = e^{-x} + 3$
asintoto $y = 3$

5 b)

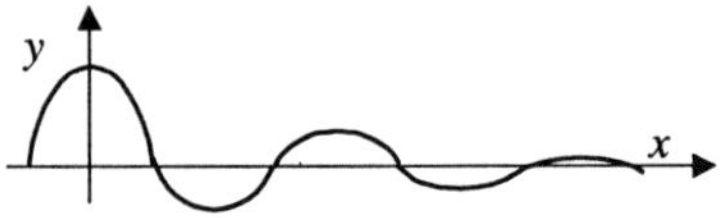

$$\lim_{x \to +\infty} \frac{sen\,x}{x} = 0$$

asintoto $y = 0$

6)

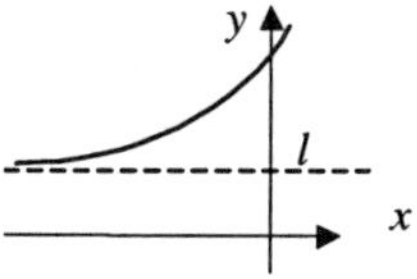

$\lim_{x \to -\infty} f(x) = l$

esempio:
$y = e^{2x} + 1$
asintoto $y = 1$

- Se la funzione oscilla il limite non esiste

7 a)

la curva oscilla
per $x \to +\infty$
limite non esiste

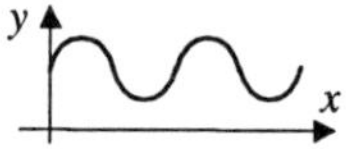

esempio: $y = sen\,x + 2$

7 b)

la curva oscilla
per $x \to -\infty$
il limite non esiste

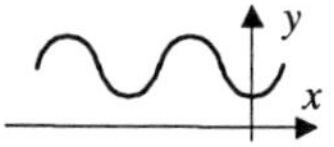

esempio: $y = -\cos x + 2$

5. 8 Ricerca degli asintoti obliqui

Si dice che una funzione $y = f(x)$ ha come asintoto obliquo la retta $y = mx + n$ per $x \to +\infty$ se accade

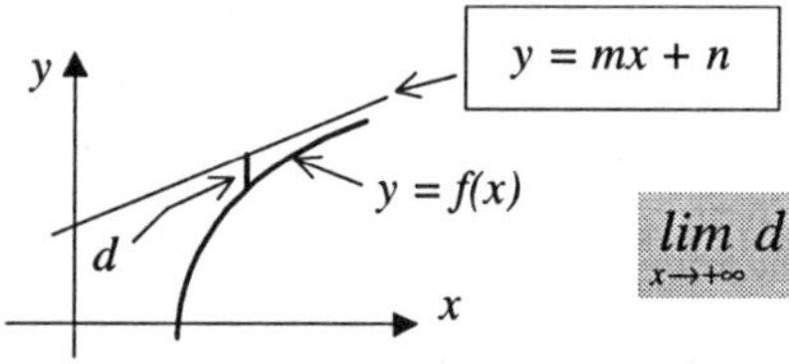

$$\lim_{x \to +\infty} d = 0$$

dove $d(x) = | f(x) - (mx+n) |$.

In modo analogo diremo che $f(x)$ ha come asintoto obliquo la retta $y = mx + n$ per $x \to -\infty$ se si ha

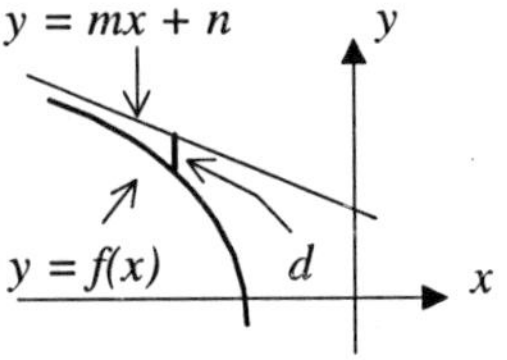

$$\lim_{x \to -\infty} d = 0$$

Se le due condizioni si verificano entrambe la funzione ha come asintoto la retta sia per $x \to +\infty$ che per $x \to -\infty$.

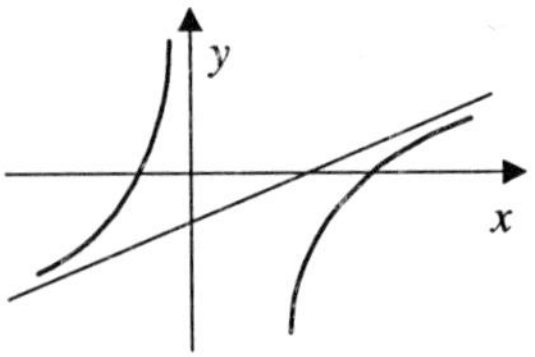

$$\lim_{x \to \pm\infty} d = 0$$

Dalle definizioni date si possono dedurre le relazioni che permettono la ricerca delle equazioni degli asintoti obliqui.
I limiti della tabella riassumono la situazione

$x \to +\infty$ $y = m_+x+n_+$	$m_+ = \lim_{x \to +\infty} \frac{f(x)}{x}$ $n_+ = \lim_{x \to +\infty} [f(x) - mx]$	*Asintoto obliquo per* $x \to +\infty$
$x \to -\infty$ $y = m_-x+n_-$	$m_- = \lim_{x \to -\infty} \frac{f(x)}{x}$ $n_- = \lim_{x \to -\infty} [f(x) - mx]$	*Asintoto obliquo per* $x \to -\infty$

Esempio:

$y = \sqrt{x}\sqrt{x-1}$

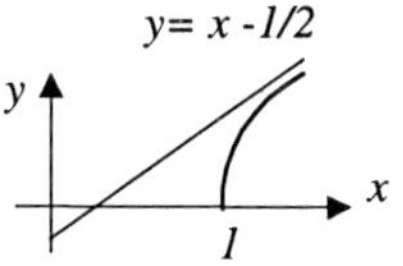

$$m = \lim_{x \to +\infty} \frac{\sqrt{x}\sqrt{x-1}}{x} = \lim_{x \to +\infty} \frac{\sqrt{x^2 - x}}{x} = \lim_{x \to +\infty} \sqrt{1 - \frac{1}{x}} = 1$$

$$n = \lim_{x \to +\infty} \left(\sqrt{x}\sqrt{x-1} - x\right) = \lim_{x \to +\infty} \frac{\left(\sqrt{x^2 - x} - x\right)\left(\sqrt{x^2 - x} + x\right)}{\sqrt{x^2 - x} + x} =$$

$$= \lim_{x \to +\infty} \frac{x^2 - x - x^2}{\sqrt{x^2 - x} + x} = \lim_{x \to +\infty} \frac{-1}{\sqrt{1 - \frac{1}{x}} + 1} = -\frac{1}{2}$$

L'asintoto obliquo avrà equazione $y = x - \frac{1}{2}$

La funzione $y = \sqrt{-x}\sqrt{-x-1}$, simmetrica della funzione studiata in precedenza rispetto all'asse *y*, avrà come asintoto obliquo, per $x \to -\infty$, la retta $y = -x - \frac{1}{2}$.

La ricerca degli eventuali asintoti obliqui viene effettuata se almeno uno dei limiti, per $x \to +\infty$ o $x \to -\infty$, diverge. Tale ricerca ha successo solo se la coppia dei limiti relativi al caso in esame converge a due valori finiti *m* ed *n*.

In particolare si possono avere i casi:

1) $m_+ = m_- = m$, $n_+ = n_- = n$ $\Rightarrow$ *f*(*x*) ha come asintoto obliquo la retta $y = mx + n$ sia per $x \to +\infty$ che per $x \to -\infty$;

Esempio $y = \frac{x^3 + x}{x^2 - 1}$

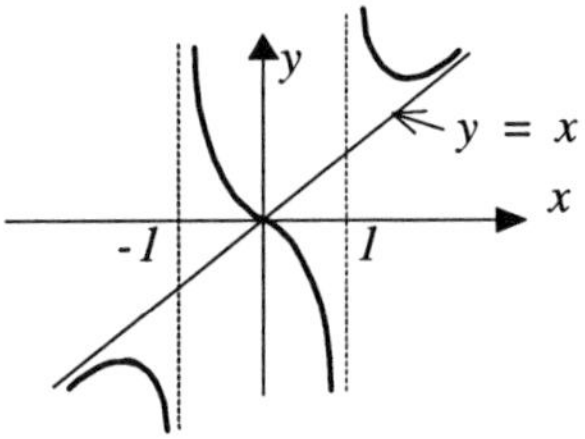

L'asintoto obliquo ha equazione

$$y = x$$

accade infatti

$$m = \lim_{x \to \pm\infty} \frac{x^3 + x}{x^3 - x} = \lim_{x \to \pm\infty} \frac{1 + 1/x^2}{1 - 1/x^2} = 1$$

$$n = \lim_{x \to \pm\infty} \left(\frac{x^3 + x}{x^2 - 1} - x \right) = \lim_{x \to \pm\infty} \frac{2x}{x^2 - 1} = \lim_{x \to \pm\infty} \frac{2}{x - 1/x} = 0$$

Nei casi

2) $m_+ \neq m_-$, $n_+ = n_-$; $m_+ = m_-$, $n_+ \neq n$; $m_+ \neq m_-$, $n_+ \neq n_-$ $\Rightarrow$ $f(x)$ ha due asintoti obliqui differenti, uno per $x \to +\infty$ ed un altro per $x \to -\infty$;

Esempio: $y = \frac{(x+1)^3}{x|x|}$

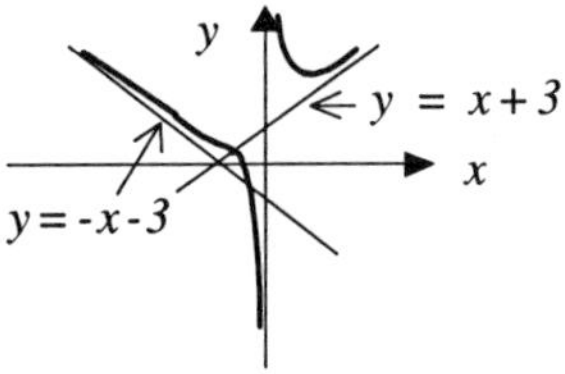

La curva presenta un asintoto obliquo $y = x + 3$ per $x \to +\infty$ e la retta $y = -x - 3$ per $x \to -\infty$ come è possibile ricavare dai limiti

$$m = \lim_{x \to +\infty} \frac{(x+1)^3}{x^3} = \lim_{x \to +\infty} \left(1 + \frac{1}{x} \right)^3 = 1$$

$$n = \lim_{x \to +\infty} \left(\frac{(x+1)^3}{x^2} - x \right) = \lim_{x \to +\infty} \frac{3x^2 + 3x + 1}{x^2} = \lim_{x \to +\infty} \left(3 + \frac{3}{x} + \frac{1}{x^2} \right) = 3$$

$$m=\lim_{x\to-\infty}\frac{(x+1)^3}{-x^3}=\lim_{x\to-\infty}\left(-1-\frac{1}{x}\right)^3=-1$$

$$n=\lim_{x\to-\infty}\left[\frac{(-x-1)^3}{x^2}+x\right]=\lim_{x\to-\infty}\frac{-3x^2-3x-1}{x^2}=$$

$$n=\lim_{x\to-\infty}\left(-3-\frac{3}{x}-\frac{1}{x^2}\right)=-3$$

3) se almeno uno dei due limiti m ed n diverge $\Rightarrow$ l'asintoto obliquo non esiste

Esempio: $y=\ln x$ (il logaritmo non ha un asintoto obliquo)

si ha infatti $m=\lim_{x\to+\infty}\frac{\ln x}{x}=\lim_{x\to+\infty}\frac{1/x}{1}=0$

$$n=\lim_{x\to+\infty}(\ln x-0)=\lim_{x\to+\infty}\ln x=+\infty$$

Una funzione $y = f(x)$ con codominio illimitato può avere uno, due o nessun asintoto obliquo. In particolare se la funzione è del tipo

$$y=f(x)=\frac{A(x)}{B(x)} \quad \text{con} \quad \begin{array}{l} A(x)=a_0x^n+a_1x^{n-1}+\ldots+a_n \\ B(x)=b_0x^m+b_1x^{n-1}+\ldots+b_m \end{array}$$

si può affermare che:

- se $n < m$ la funzione ha come asintoto orizzontale l'asse x;
- se $n = m$ la funzione ha come asintoto orizzontale la retta $y = a_0/b_0$;
- se $n = m+1$ la funzione ha come asintoto obliquo la retta

  $$y=\frac{a_0}{b_0}x+\frac{a_1b_0-a_0b_1}{b_0^2}$$

  (in questo caso l'asintoto obliquo si può ottenere anche direttamente dal quoziente del rapporto tra i due polinomi $A(x) / B(x)$);

Esempi:

1) la funzione $y=\dfrac{x^3+x}{x^2-1}=x+\dfrac{2x}{x^2-1}$ ha come asintoto obliquo la retta $y = x$.

2) nel caso $y=\dfrac{3x^3+2x^2-x+1}{2x^2+x-2}=\dfrac{3}{2}x+\dfrac{1}{4}+\dfrac{\frac{7}{4}x+\frac{3}{2}}{2x^2+x-2}$ si ha un asintoto obliquo con equazione $y=\dfrac{3}{2}x+\dfrac{1}{4}$. Accade infatti

$$
\begin{array}{r|l}
3x^3+\ 2x^2\ -x+1 & 2x^2+x-2 \\ \hline
-3x^3-\frac{3}{2}x^2+3x & \frac{3}{2}x+\frac{1}{4} \\ \hline
\frac{1}{2}x^2+2x+1 & \\
-\frac{1}{2}x^2-\frac{1}{4}x+\frac{1}{2} & \\ \hline
\frac{7}{4}x+\frac{3}{2} &
\end{array}
$$

- se $n > m+1$ la funzione $f(x)$ tende, come nel punto precedente, asintoticamente alla curva $y = q(x)$ che, in questo caso, non è una retta.

$$y=\frac{A(x)}{B(x)}=q(x)+\frac{r(x)}{h(x)}$$

Se, per esempio, $n = m+2$ il polinomio $q(x)$ sarà di secondo grado e la funzione $f(x)$ avrà come asintoto una parabola, se $n = m+3$ l'asintoto sarà una cubica e così via.

Esempio:

$$y = f(x) = \frac{2x^4 + 1}{x^2} = 2x^2 + \frac{1}{x^2}$$

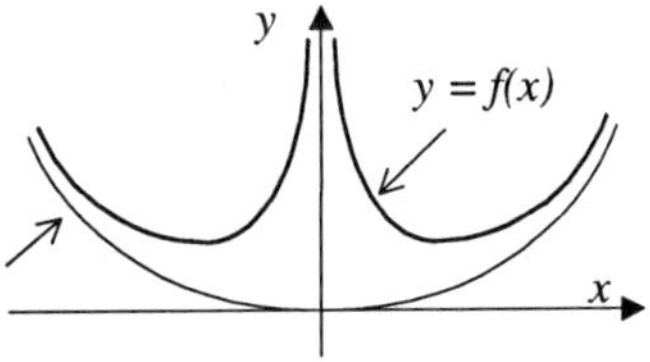

5.9 Studio della derivata prima

Con lo studio del segno della derivata prima si riesce ad individuare la ***crescenza*** e la ***decrescenza*** della funzione, la presenza di ***massimi,*** di ***minimi*** relativi e di ***flessi con una tangente orizzontale***.

Si tratta di analizzare la rappresentazione dei segni della derivata prima, ottenuta studiando le soluzioni della disequazione $f'(x) \geq 0$, e ricavare, utilizzando anche il campo di esistenza, i limiti sui punti di discontinuità, quelli per $x \to \pm \infty$ e il segno della funzione, l'andamento della curva che descrive la relazione data.

Uno schema-esempio illustra una possibile interpretazione del segno della derivata in discussione.

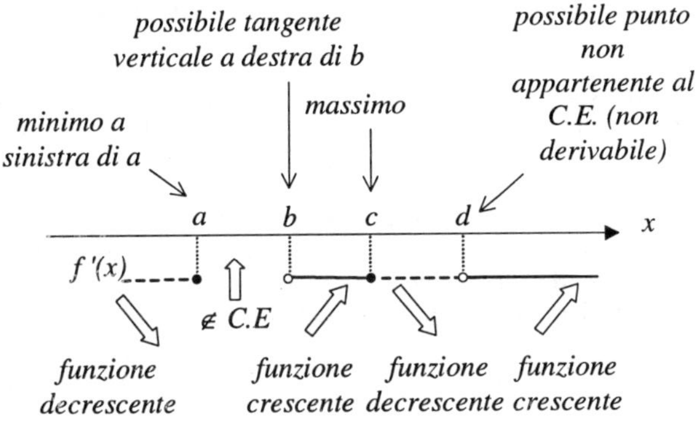

Note sulla rappresentazione:

- la parte con tratto continuo individua la zona con derivata positiva e quella con linea tratteggiata le ascisse con derivata negativa;
- il cerchietto pieno segnala un valore che annulla la derivata prima (es: $f'(c) = 0$);
- il cerchietto vuoto indica un punto di non derivabilità della funzione.

Individuate le ascisse dei punti di massimo, di quelle dei punti di minimo e degli eventuali flessi a tangente orizzontale si cercano le relative ordinate sostituendo i valori delle ascisse alla funzione $f(x)$.
Queste informazioni permettono di raffinare notevolmente la bozza costruita in precedenza senza lo studio della derivata. Una possibile interpretazione dell'esempio precedente è rappresentata nella figura:

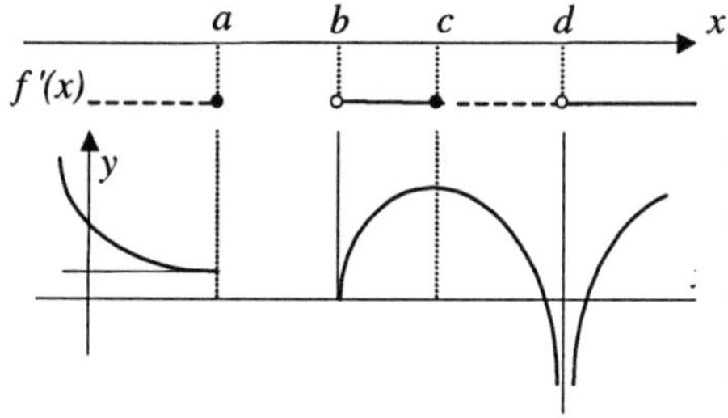

supponendo che

$$\lim_{x\to a^-} f(x) = l$$

$$f(b) = 0$$

$$\lim_{x\to b^+} f'(x) = +\infty$$

$$\lim_{x\to c} f(x) = -\infty$$

Spesso per avere una visione completa della rappresentazione è necessario studiare anche il segno della derivata seconda. Questo infatti permette di individuare la concavità della funzione nei vari intervalli studiati.
Si noti come attraverso l'analisi del segno della derivata prima in un intorno completo di $x = a$, con $f'(a) = 0$, è possibile determinare il comportamento della funzione.
Si riporta un elenco di alcuni casi possibili.

5.9.1 Funzione continua e derivabile in $x = a$ con $f'(a) = 0$

1)

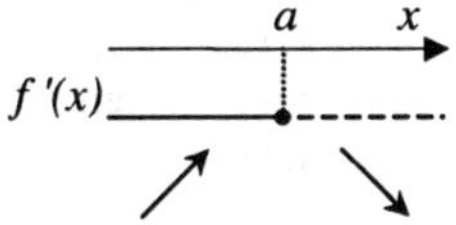

M(a, f(a)) è un punto di massimo

La funzione $y = f(x)$ presenta, in $x = a$, un punto di massimo.

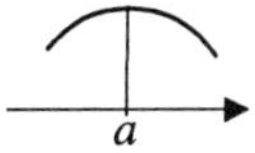

Nota

Il segno della derivata prima assicura una crescenza a sinistra di a ed una decrescenza a destra, ma non dice nulla sulla concavità della curva. Questa è ricavabile eventualmente dal segno della derivata seconda. L'analisi della crescenza e della decrescenza insieme con la condizione $f'(a) = 0$ permette tuttavia di riconoscere anche il comportamento della concavità nell'intorno del punto a.

2)

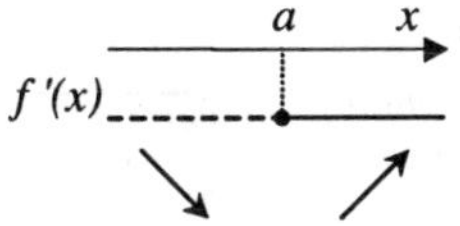

M(a, f(a)) è un punto di minimo

La funzione $y = f(x)$ ha, in $x = a$, un punto di minimo.

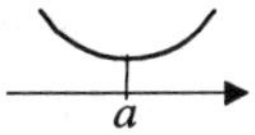

In questo caso sono valide le stesse considerazioni fatte nella nota precedente sulla concavità della curva.

3)

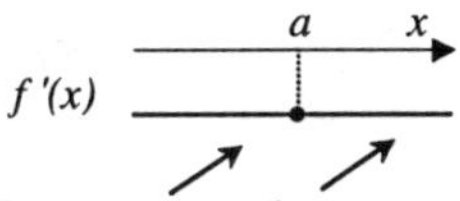

F(a, f(a)) è un flesso crescente a tangente orizzontale

La funzione $y = f(x)$ presenta, in $x = a$, un flesso crescente con una tangente orizzontale.

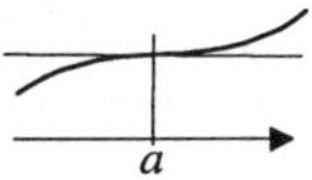

4)

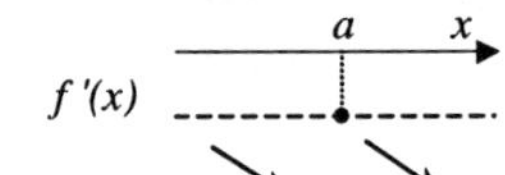

F(a, f(a)) → *flesso decrescente a tangente orizzontale*

La funzione $y = f(x)$ presenta, in $x = a$, un flesso decrescente con una tangente orizzontale.

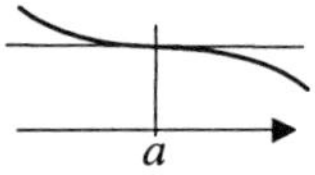

5.9.2 Funzione continua ma non derivabile in $x = a$

Se la funzione ha una non derivabilità sul punto $x = a$ l'analisi del comportamento della curva nell'intorno di *a* deve essere fatta utilizzando anche altre informazioni.

1) Se accade $\lim_{x \to a^+} f'(x) \neq \lim_{x \to a^-} f'(x)$ con almeno uno dei due limiti di valore finito, la *f(x)* presenta in *a* un *punto angoloso* (la tangente a sinistra di *a* è diversa da quella a destra).

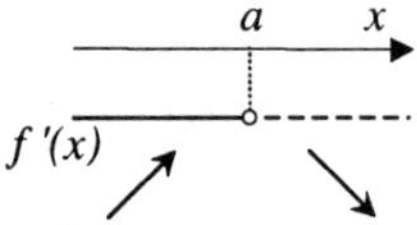

In questi casi il tipo di concavità può essere stabilito analizzando il comportamento della derivata prima nelle zone che circondano *a* o, in ultima analisi, studiando il segno della derivata seconda.

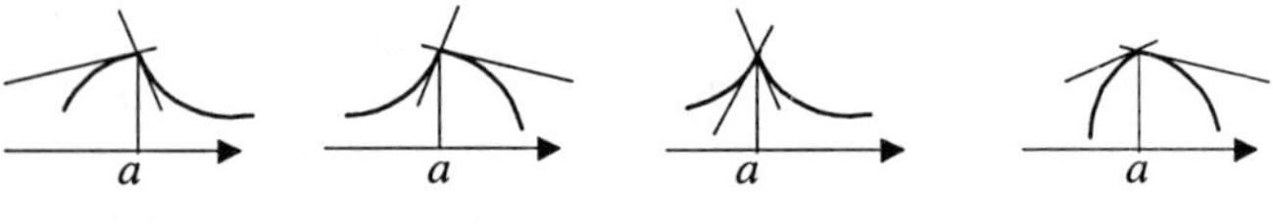

2) Se i due limiti divergono entrambi in modo tale che $\lim_{x \to a^{\pm}} f'(x) = \mp\infty$ la funzione presenterà, in $x = a$, una *cuspide*.

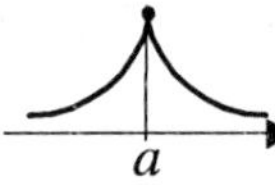

Una situazione analoga si ha invertendo il segno della derivata.

3) Se esiste la condizione $\lim_{x \to a^+} f'(x) \neq \lim_{x \to a^-} f'(x)$ con almeno uno dei due limiti di valore finito, la *f(x)* ha, in *a,* un *punto angoloso*.

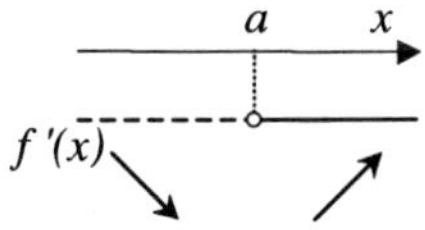

Ecco alcuni esempi:

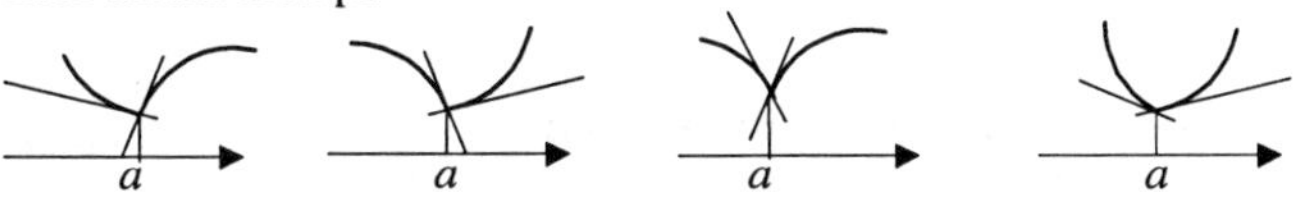

4) Se i limiti precedenti divergono entrambi $\lim_{x \to a^{\pm}} f'(x) = \pm\infty$ la funzione avrà, in $x =$ *a*, una *cuspide*.

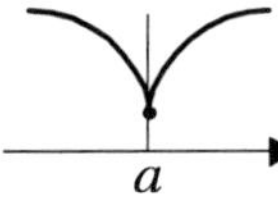

Se la derivata ha segno positivo, nell'intorno completo di *a,* la rappresentazione cambia decisamente. La funzione sarà crescente.

5) Se accade $\lim_{x \to a} f'(x) = +\infty$

esiste un *flesso crescente tangente verticalmente* a *f(x).*

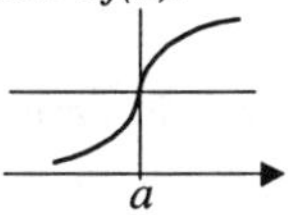

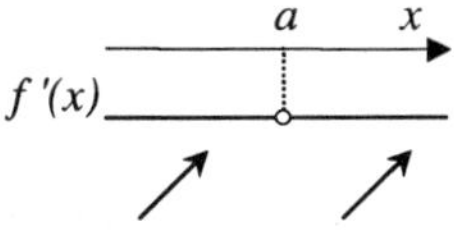

Se invece è presente la condizione $\lim_{x \to a^+} f'(x) \neq \lim_{x \to a^-} f'(x)$, con almeno uno dei due limiti di valore finito, la funzione presenta in *a*, come già visto in alcuni casi precedenti, un *punto angoloso.* Le rappresentazioni che seguono schematizzano la situazione.

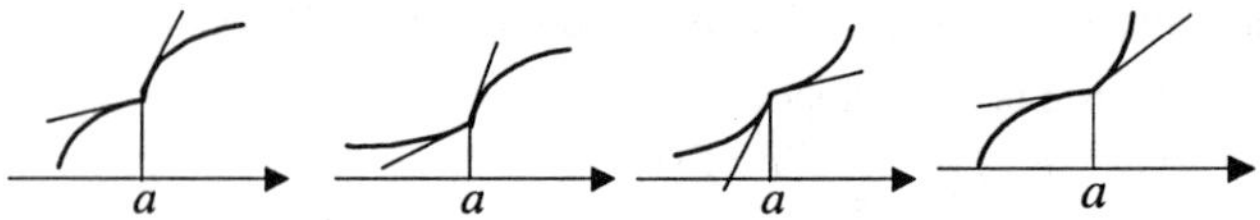

Nel caso di una derivata prima negativa nell'intorno completo del punto a la situazione analizzata in precedenza si inverte.

6) Se $\lim_{x \to a} f'(x) = -\infty$

esiste in a un *flesso decrescente tangente verticalmente* a $f(x)$.

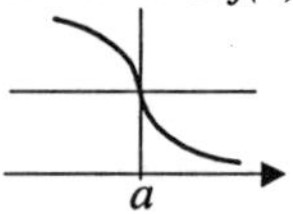

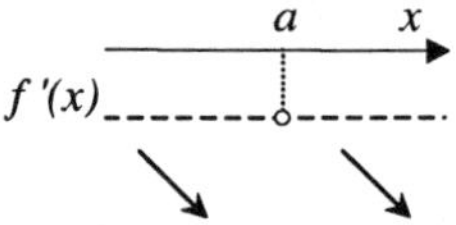

Se è presente la condizione che individua un *punto angoloso* avremo, come nei casi già illustrati, varie possibilità.

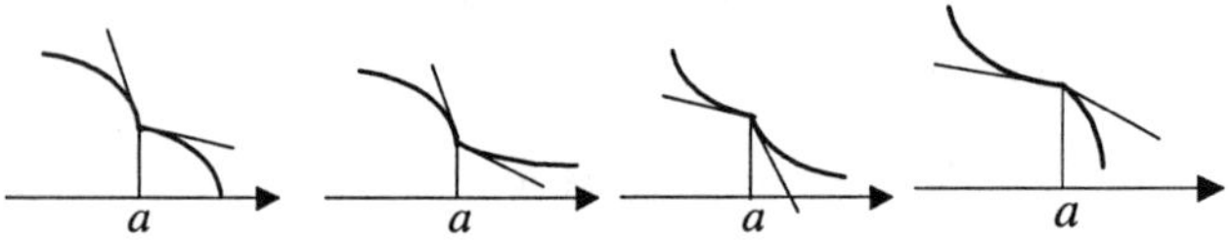

5.9.3 Funzione né derivabile né continua in $x = a$

La rappresentazione cartesiana dipenderà dal tipo di discontinuità rilevata.

1) Se $f(x)$ ha, nel punto in discussione, una *discontinuità di prima specie* la curva sarà caratterizzata dal tipo di concavità dei due rami

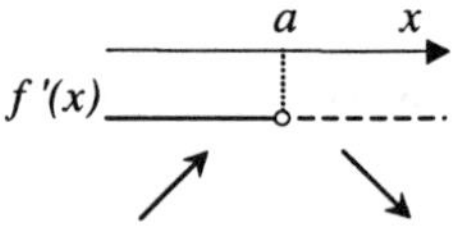

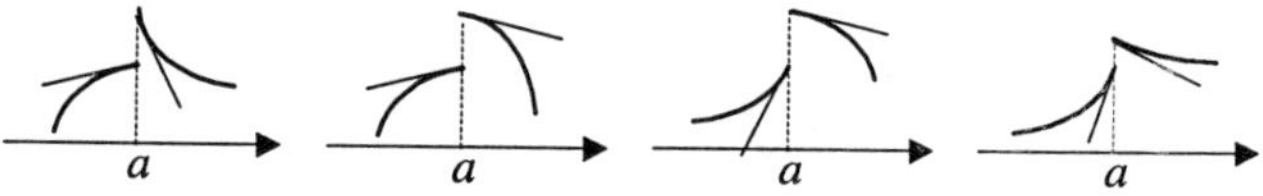

2) Se la *discontinuità è di seconda specie* la rappresentazione grafica dipenderà dal comportamento dei limiti della funzione nell'intorno del punto in discussione. Si riportano alcuni esempi.

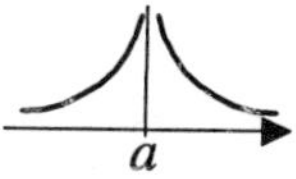

$$\lim_{x \to a} f(x) = +\infty$$

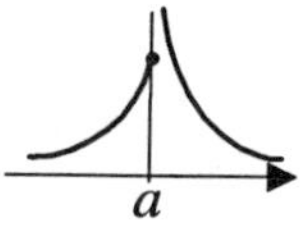

$$\lim_{x \to a^-} f(x) = l$$

$$\lim_{x \to a^+} f(x) = +\infty$$

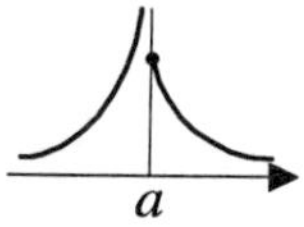

$$\lim_{x \to a^-} f(x) = +\infty$$

$$\lim_{x \to a^+} f(x) = l$$

Agli ultimi due esempi esposti si possono associare altri due casi ottenuti invertendo la concavità del ramo con il limite finito.

3) Se *la discontinuità è di terza specie* la rappresentazione è simile a quella del massimo.
Nota: le concavità dei due rami potranno essere diverse dall'esempio schematizzato in figura.

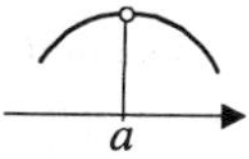

È possibile costruire dei casi simili a quelli studiati in precedenza invertendo il segno della derivata.

4) Se *f(x)* ha, in $x = a$, una discontinuità di prima specie la struttura della curva sarà caratterizzata dal tipo di concavità.

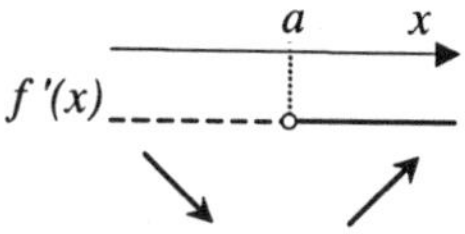

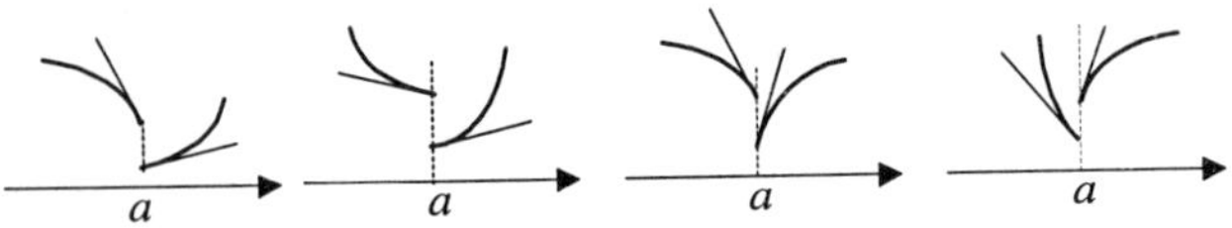

5) Una *discontinuità di seconda specie* può essere rappresentata in diversi modi. La configurazione dipende dal comportamento della concavità del ramo con il limite finito. Si riportano alcuni esempi:

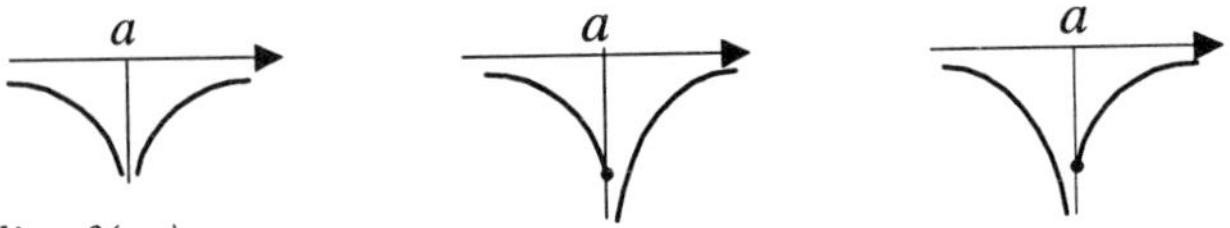

$\lim\limits_{x \to a} f(x) = -\infty$

$\lim\limits_{x \to a^-} f(x) = l$ $\quad$ $\lim\limits_{x \to a^-} f(x) = -\infty$

$\lim\limits_{x \to a^+} f(x) = -\infty$ $\quad$ $\lim\limits_{x \to a^+} f(x) = l$

6) Con una *discontinuità di terza specie* la curva appare come in figura.
Nota: anche in questo caso la concavità potrebbe essere diversa da quella rappresentata in figura.

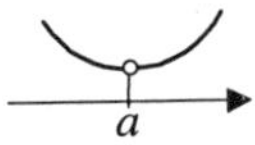

Se il segno della derivata prima risulta positivo sia a destra che a sinistra del punto *a* saranno possibili i casi in elenco.

7) Con una discontinuità di prima specie si avranno situazioni simili a quelle rappresentate.

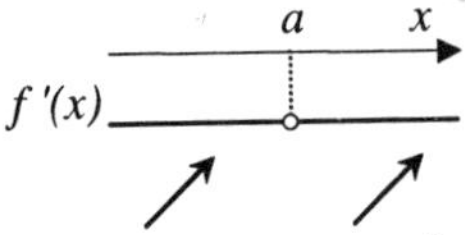

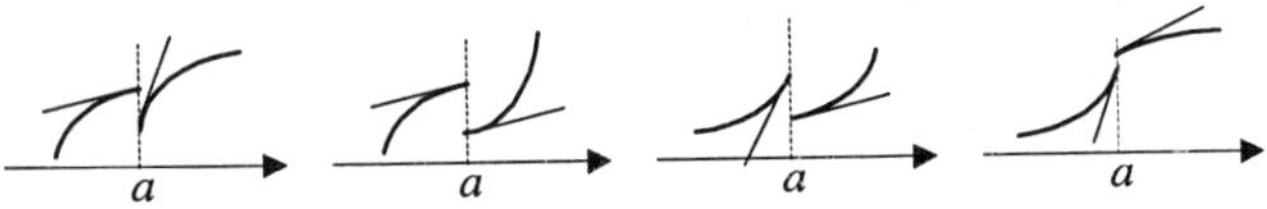

8) Se la *discontinuità è di seconda specie* le distribuzioni saranno come i tipi riportati nelle figure.

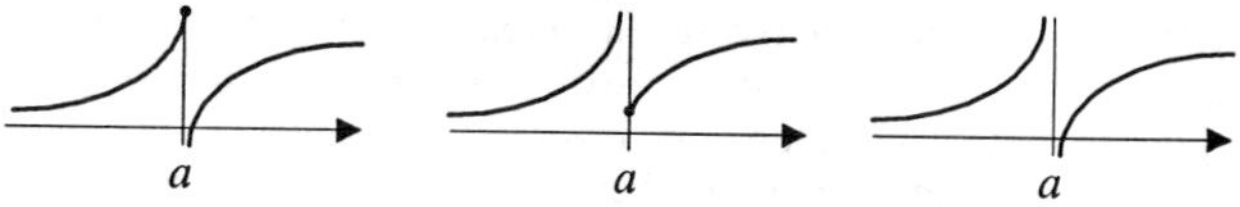

$\lim_{x \to a^-} f(x) = l$ $\qquad$ $\lim_{x \to a^-} f(x) = +\infty$ $\qquad$ $\lim_{x \to a^{\mp}} f(x) = \pm\infty$

$\lim_{x \to a^+} f(x) = -\infty$ $\qquad$ $\lim_{x \to a^+} f(x) = l$

Invertendo il segno della derivata prima si ha una situazione analoga a quella descritta.

9) Una discontinuità di prima specie porta a rappresentazioni "simmetriche" rispetto al caso con derivata positiva.

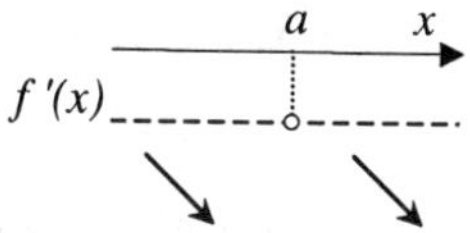

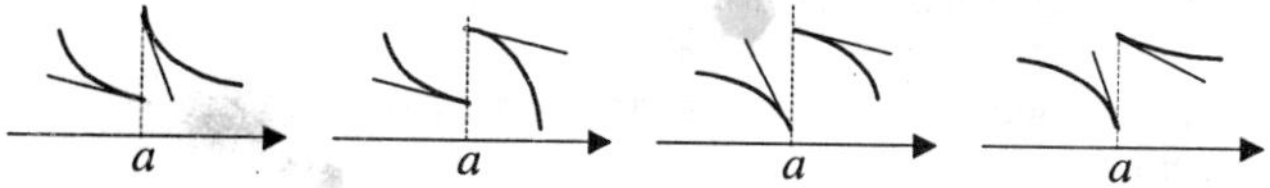

10) Le rappresentazioni che seguono descrivono il comportamento della curva con la presenza di una *discontinuità di seconda specie*

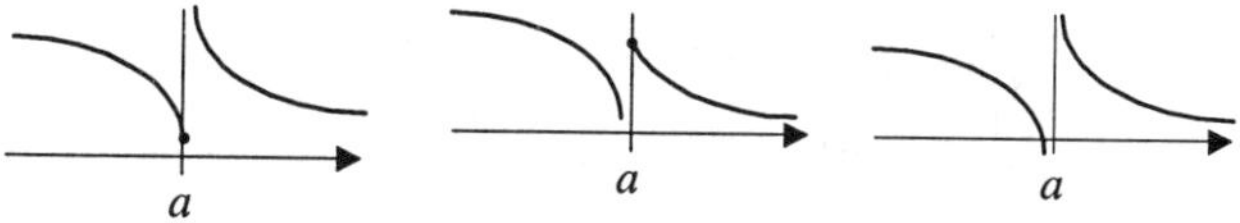

$\lim_{x \to a^-} f(x) = l$ $\qquad$ $\lim_{x \to a^-} f(x) = -\infty$ $\qquad$ $\lim_{x \to a^{\mp}} f(x) = \mp\infty$

$\lim_{x \to a^+} f(x) = +\infty$ $\qquad$ $\lim_{x \to a^+} f(x) = l$

5.10 Studio della derivata seconda

Lo studio del segno della derivata seconda permette l'individuazione delle zone dove la funzione rivolge la concavità verso l'alto *($f''(x)>0$)*, dei tratti con la concavità verso il basso *($f''(x)<0$)* e dei punti di flesso (valori delle ascisse ove la funzione inverte la concavità).
La figura riporta, come esempio schematico, una possibile interpretazione del segno della derivata seconda esposto con le stesse convenzioni utilizzate nello studio della derivata prima.

$$f''(x) \geq 0 \rightarrow \textit{rappresentazione dei segni}$$

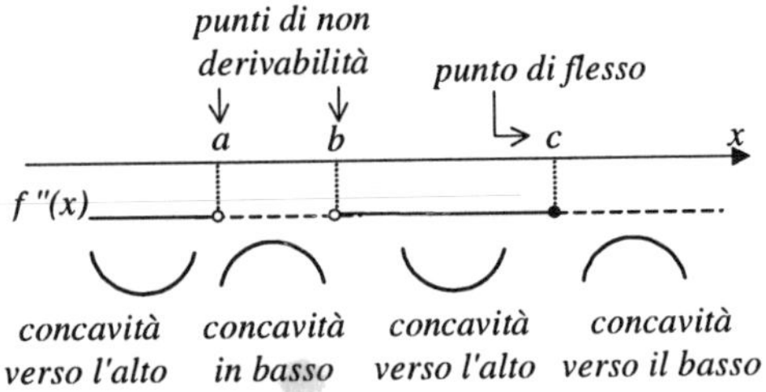

Una costruzione indicativa della rappresentazione di $y = f(x)$ potrebbe essere:

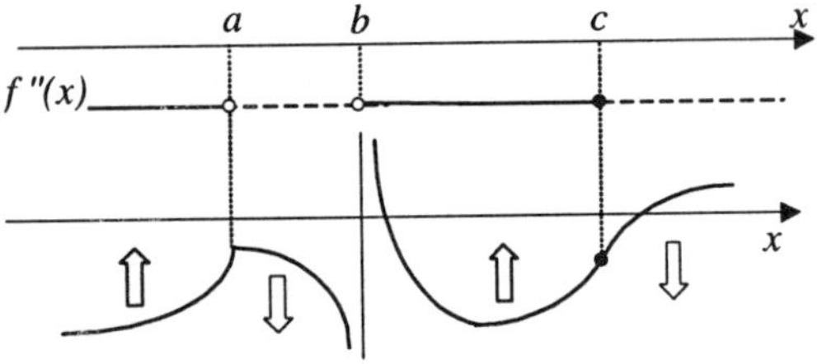

Esempio: $y = x^4 - 2x^3 - x^2 + 2x \rightarrow y' = 4x^3 - 6x^2 - 2x + 2$

$y'' = 12x^2 - 12x - 2 = 2(6x^2 - 6x - 1) \rightarrow 6x^2 - 6x - 1 \geq 0$

$x_{1,2} = \frac{3 \pm \sqrt{15}}{6}$. Indicando con $a = \frac{3-\sqrt{15}}{6}$ e $b = \frac{3+\sqrt{15}}{6}$ si ha

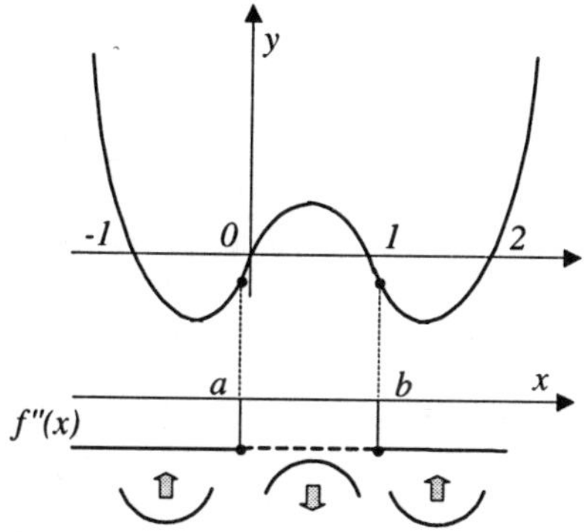

L'elenco che segue fornisce alcuni esempi tra i vari casi possibili. Per mezzo dell'interpretazione del segno della derivata seconda e della derivata prima è possibile individuare l'andamento della curva, con la relativa concavità, nell'intorno del punto considerato.

5.10.1 Funzione derivabile due volte, in $x = a$, con $f''(a) = 0$

1)

flesso crescente

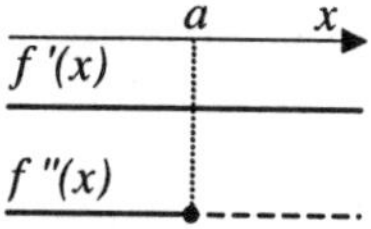

La funzione presenta, nel punto $x = a$, un flesso crescente del tipo rappresentato in figura

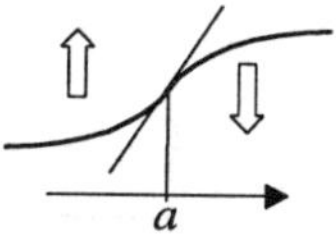

2) *flesso crescente*

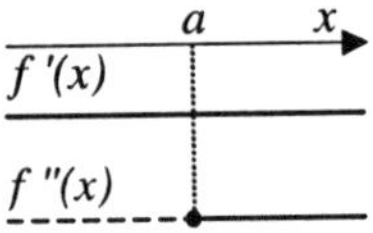

La $f(x)$ ha, nel punto considerato, un flesso crescente.

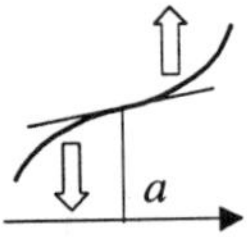

3) *flesso decrescente*

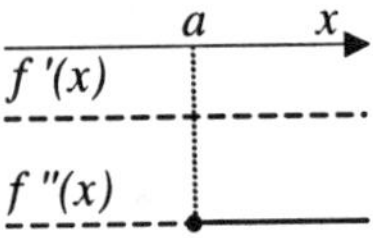

La funzione ha, in $x = a$, un flesso decrescente come appare dalla rappresentazione

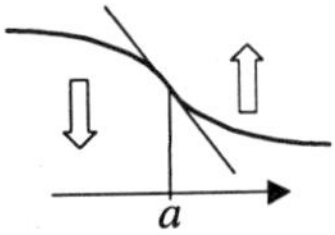

4) *flesso decrescente*

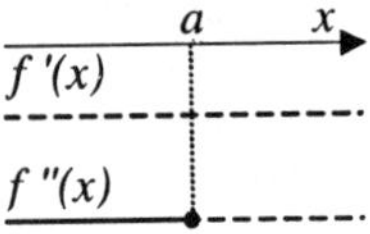

Esiste, sul punto in discussione, un flesso decrescente simile a quello di figura.

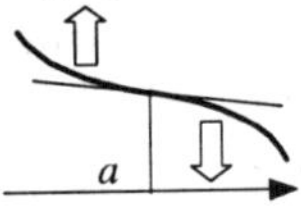

5.10.2 Funzione continua ma non derivabile in $x = a$.

Se la funzione non è derivabile in $x = a$ la situazione risulta più articolata. L'elenco che segue mostra una serie di possibilità.

1)

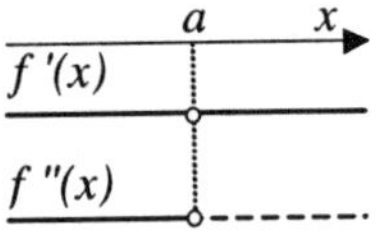

Se accade $\lim_{x \to a} f'(x) = +\infty$ la funzione ha, in $x = a$, un *flesso a tangente verticale.*

Se si verifica la condizione $\lim_{x \to a^+} f'(x) \neq \lim_{x \to a^-} f'(x)$ la curva presenta, in $x = a$, un *punto angoloso.*

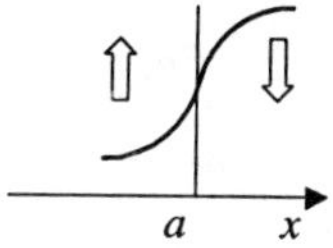

flesso a tangente verticale

esempi di punti angolosi

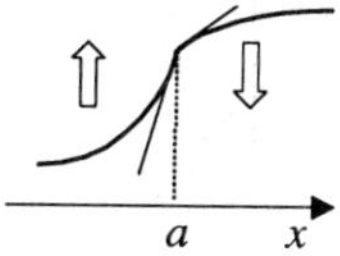

2)

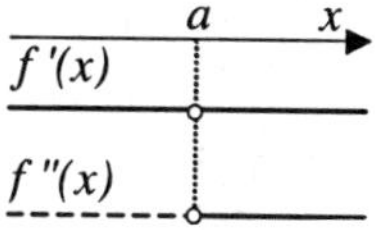

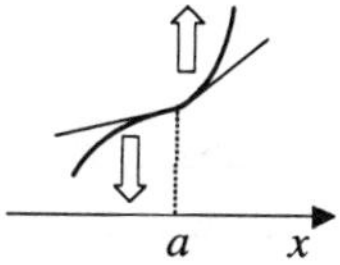

3)

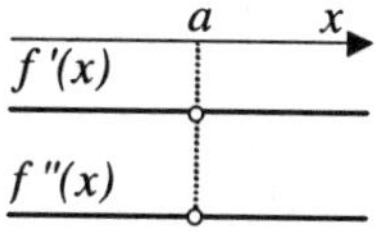

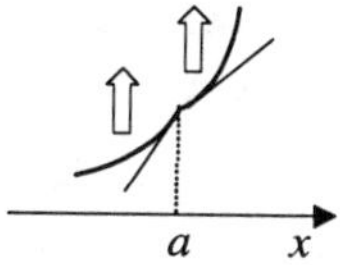

4)

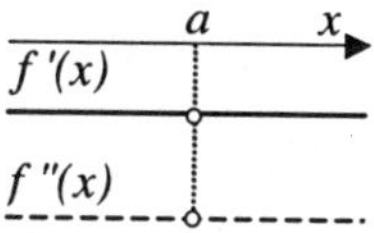

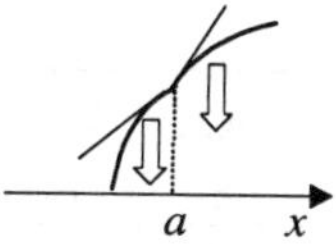

5)

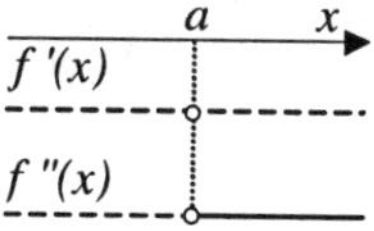

Se la derivata prima assume valore negativo si avranno altri casi simili ai precedenti.

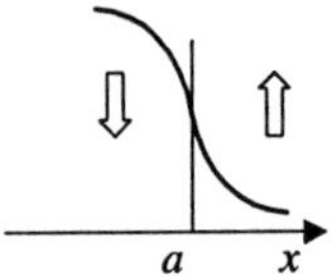

flesso a tangente verticale

$$\lim_{x\to a} f'(x) = -\infty$$

se $\lim_{x\to a^+} f'(x) \neq \lim_{x\to a^-} f'(x)$

si hanno dei punti angolosi (p.a.)

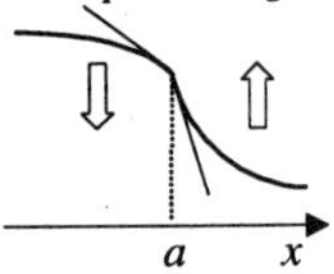

6)

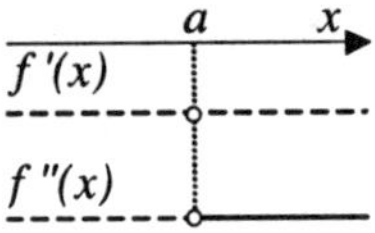

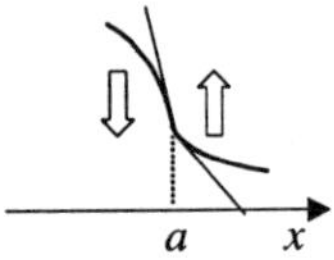

p.a.

7)

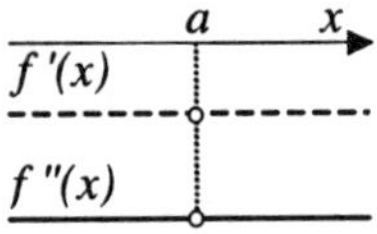

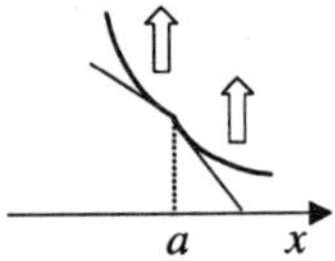

p.a.

8)

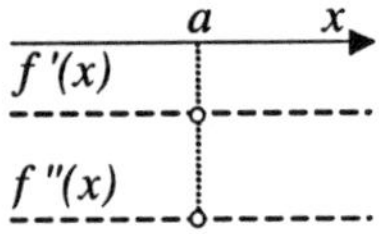

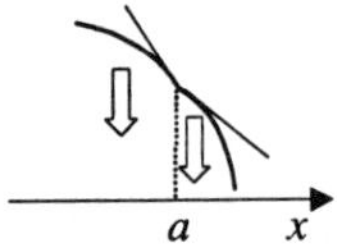

p.a.

5.10.3 Funzione né continua né derivabile in $x = a$.

Le rappresentazioni dipenderanno ovviamente dal tipo di discontinuità.

Se la discontinuità è di *prima specie,* con derivata prima positiva e derivata seconda che cambia segno dal + al - , la curva sarà simile a quella illustrata in figura.

1) 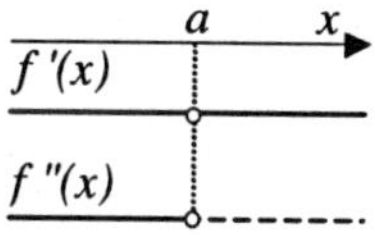

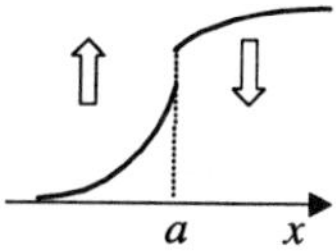

Con una discontinuità di seconda specie si hanno le configurazioni :

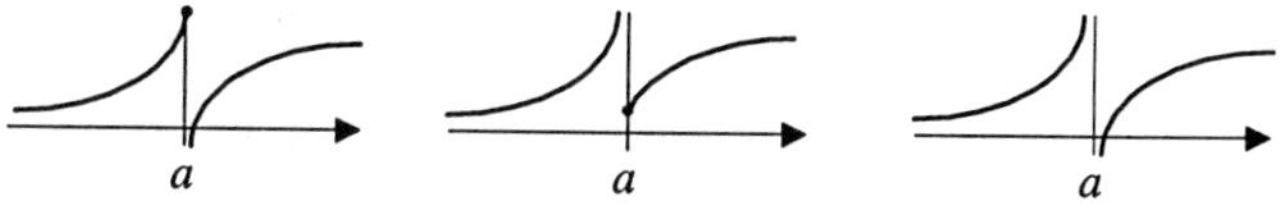

Se la discontinuità è *di terza specie* il grafico presenterà il caratteristico "buco vuoto"

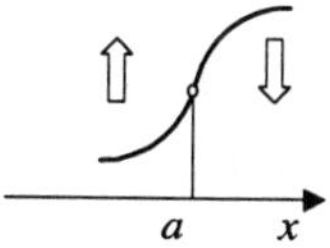

Invertendo il segno della derivata seconda si ottengono altri casi.

2) 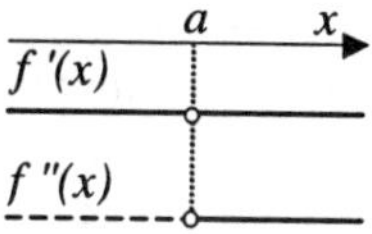

Se la *discontinuità è di prima specie* la curva sarà

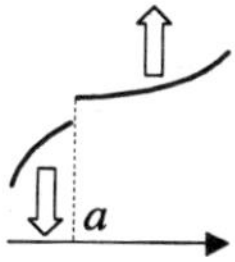

Nel caso di una *discontinuità di terza specie* si ha

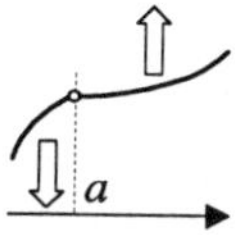

Se la derivata seconda assume un segno positivo nell'intorno del punto in discussione si possono individuare le situazioni rappresentate nelle figure che seguono.

3)

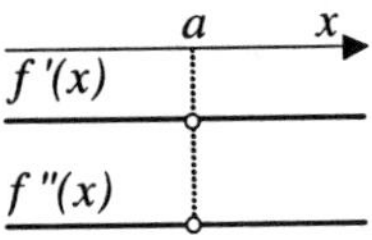

Con una *discontinuità di prima specie* avremo

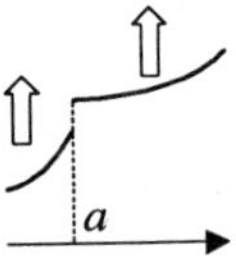

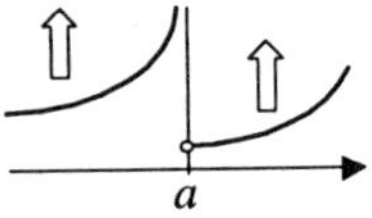

discontinuità di seconda specie

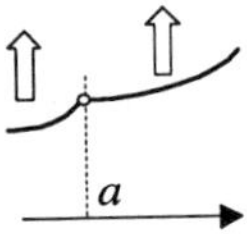

discontinuità di terza specie

Con una derivata seconda negativa si ha:

4)

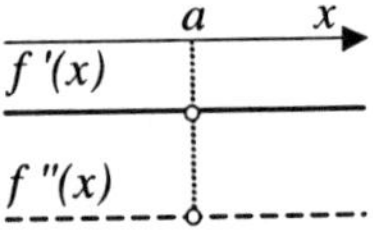

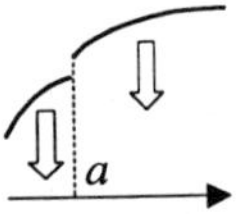

discontinuità di prima specie

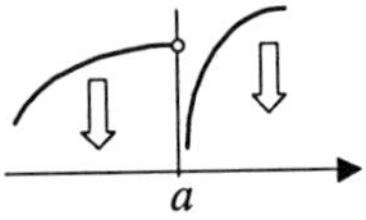

discontinuità di seconda specie

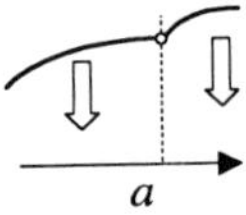

discontinuità di terza specie

Se, in un opportuno intorno del punto $x = a$, la derivata prima assume un valore negativo le curve cambiano la disposizione.

5)

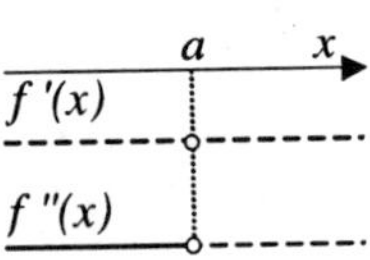

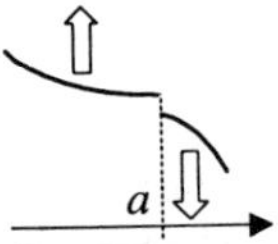

discontinuità di prima specie

Discontinuità di terza specie

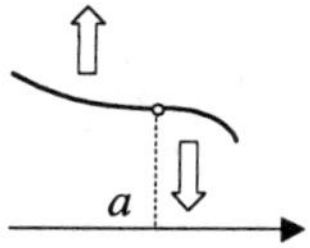

6)

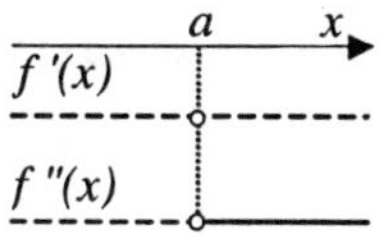

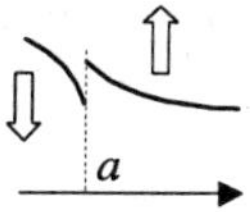

discontinuità di prima specie

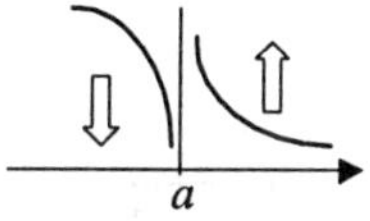

discontinuità di seconda specie

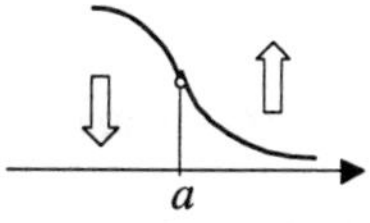

discontinuità di terza specie

7)

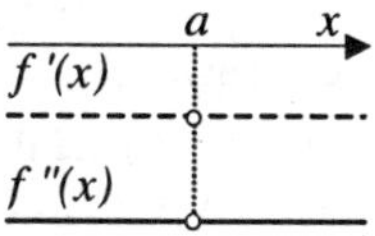

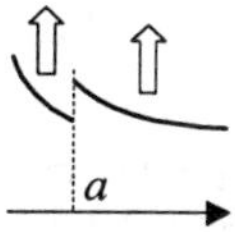

discontinuità di prima specie

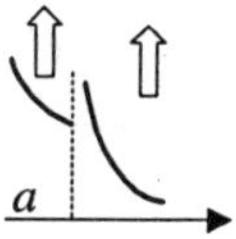

discontinuità di seconda specie

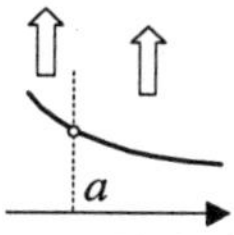

discontinuità di terza specie

7)

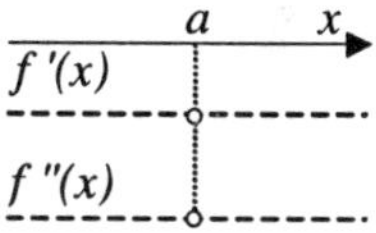

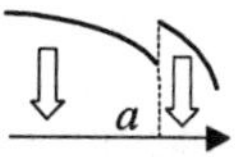

discontinuità di prima specie

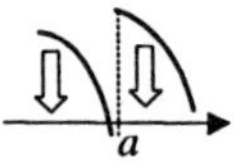

discontinuità di seconda specie

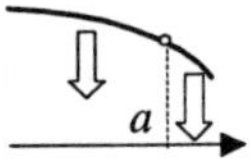

discontinuità di terza specie

I casi con la derivata prima che inverte il segno passando dall'intorno sinistro a quello destro di $x = a$ sono lasciati al lettore come **esercizi**.

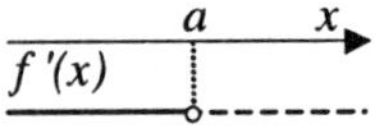

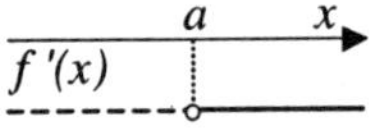

5.11 Alcuni esempi

5.11.1 Studiare la funzione $y = (x-3)\sqrt{x^2-1}$

Campo di Esistenza (C.E.) : $x^2 - 1 \geq 0 \rightarrow \{\forall x \in R : x \leq -1;\ x \geq 1\}$

Studio del segno della funzione e intersezioni con l'asse x:

$\rightarrow$ $x - 3 \geq 0$ (il polinomio $x - 3$ è l'unico termine che decide il segno della funzione) $\rightarrow x \geq 3$. La funzione si annulla per $x = \pm 1, 3$. Schema riassuntivo del segno

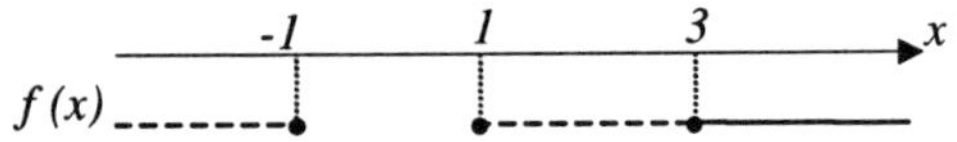

Comportamento della funzione per $x \rightarrow \pm\infty$.

$$\lim_{x \to \pm\infty} \left((x-3)\sqrt{x^2-1} \right) = \pm\infty$$

la curva diverge sia per $x \rightarrow +\infty$ che per $x \rightarrow -\infty$.

Essendo 2 il grado della funzione non esisteranno asintoti obliqui (il limite $\lim_{x \to \pm \infty} f(x)/x = +\infty$ diverge).

Studio della derivata prima

$$y' = \sqrt{x^2 - 1} + (x-3)\frac{2x}{2\sqrt{x^2-1}} = \frac{x^2 - 1 + x^2 - 3x}{\sqrt{x^2-1}}$$

$$y' = \frac{2x^2 - 3x - 1}{\sqrt{x^2-1}}$$

Note:

- il segno della derivata prima è deciso dal polinomio del numeratore;
- la derivata prima eredita le limitazioni della funzione e, in aggiunta, registra una non derivabilità a destra di $x = 1$ e a sinistra di $x = -1$; accade infatti $\lim_{x \to 1^+} f'(x) = -\infty$ e $\lim_{x \to 1^-} f'(x) = +\infty$ (il denominatore della derivata tende a zero) → nei punti $x = \pm 1$ la curva presenterà due tangenti verticali.

La risoluzione della disequazione $2x^2 - 3x - 1 \geq 0$ porta all'analisi del segno. Il polinomio è positivo per i valori esterni alle soluzioni dell'equazione

$$x_{1,2} = \frac{3 \pm \sqrt{17}}{4}$$

$$\left(dove \quad x_1 = \frac{3 - \sqrt{17}}{4} \approx -0.28 \quad e \quad x_2 = \frac{3 + \sqrt{17}}{4} \approx 1.78\right)$$

La rappresentazione del segno della derivata sarà

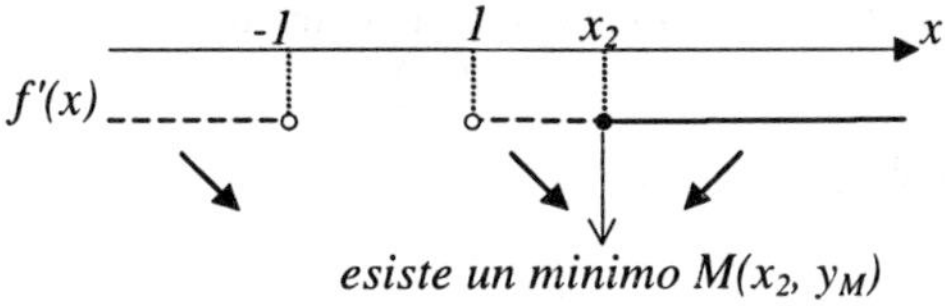

$$y_M = y(x_2) = \left(\frac{3+\sqrt{17}}{4} - 3\right)\sqrt{\left(\frac{3+\sqrt{17}}{4}\right)^2 - 1} =$$

$$y_M = \frac{\sqrt{17}-9}{4}\sqrt{\frac{5+3\sqrt{17}}{8}} \approx -1.8$$

La rappresentazione sarà:

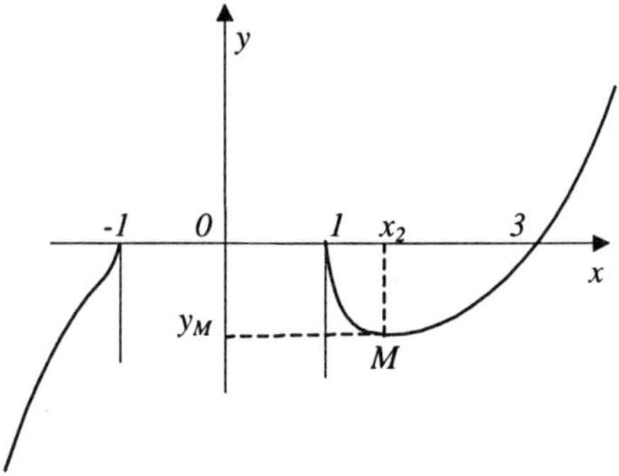

Note sulla concavità

Lo studio del segno della derivata seconda non è di sviluppo immediato. È conveniente ricondurre l'analisi della concavità alle informazioni già in possesso.

La funzione ha grado *2* e quindi la concavità dovrà essere rivolta verso l'alto per $x > 0$ e verso il basso per $x < 0$. Tuttavia il comportamento della derivata prima nell'intorno sinistro di *-1* implica una concavità verso l'alto. Si può dunque concludere che la curva dovrà avere un punto di flesso, le cui coordinate sono individuabili con altri metodi (es: analisi numerica).

5.11.2 Studiare la funzione $y = x^5 - 2x^3$

Campo di Esistenza (C.E.) : $\rightarrow \{\forall x \in R\}$

Intersezione con l'asse *y:* $y(0) = 0.$

Simmetria: esiste una simmetria centrale rispetto all'origine degli assi $f(-x) = (-x)^5 - 2(-x)^3 = -(x^5 - 2x^3) = -f(x)$.

Studio del segno della funzione e intersezioni con l'asse *x*:

$x^5 - 2x^3 \geq 0 \rightarrow x^3(x^2 - 2) \geq 0$

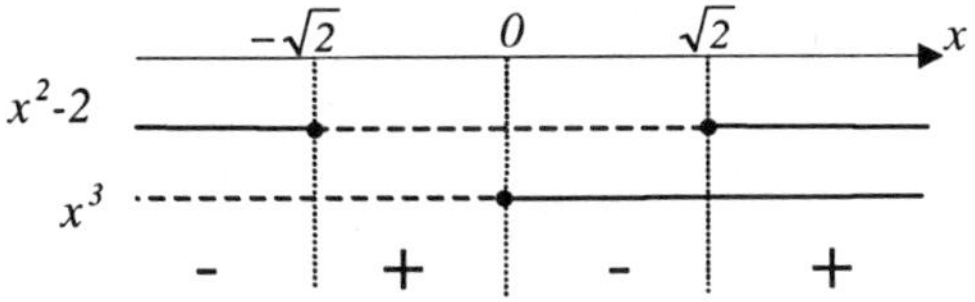

La funzione si annulla per $x = 0, \pm\sqrt{2}$.
Schema riassuntivo del segno:

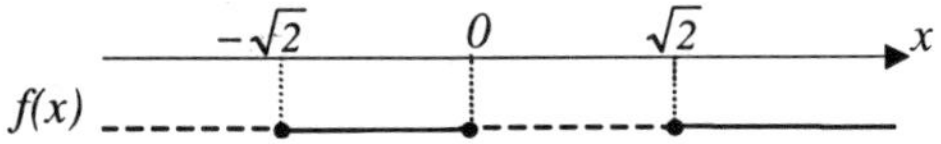

Comportamento della funzione per $x \rightarrow \pm\infty$.

$\lim_{x \to \pm\infty} \left[x^3(x^2 - 3) \right] = \pm\infty$ anche in questo caso la curva diverge sia per $x \rightarrow +\infty$ che per $x \rightarrow -\infty$. Non esistono asintoti lineari.

Studio della derivata prima

$y' = 5x^4 - 6x^2 = x^2(5x^2 - 6)$.

L'analisi del segno $x^2(5x^2 - 6) \geq 0$ porta alla rappresentazione:

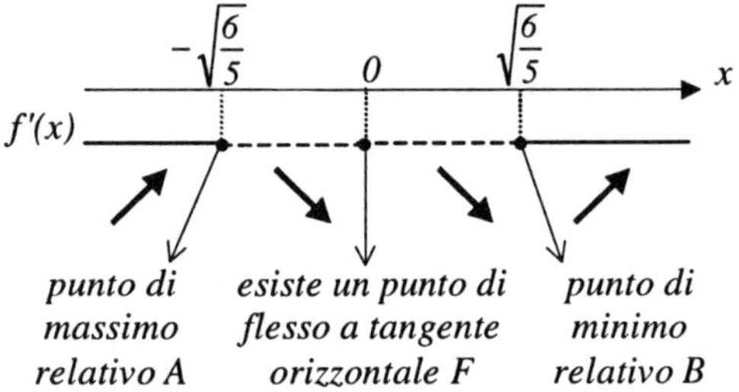

$$y_A = y\left(-\sqrt{\frac{6}{5}}\right) = -\sqrt{\left(\frac{6}{5}\right)^5} + 2\sqrt{\left(\frac{6}{5}\right)^3} \approx 1.05$$

e per simmetria si ha $y_B = y\left(\sqrt{\frac{6}{5}}\right) = \sqrt{\left(\frac{6}{5}\right)^5} - 2\sqrt{\left(\frac{6}{5}\right)^3} \approx -1.05$

Studio della derivata seconda

$y'' = 20x^3 - 12x = 4x(5x^2 - 3)$.

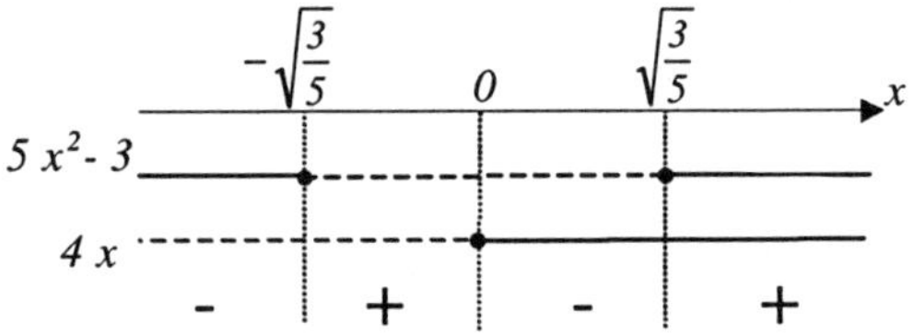

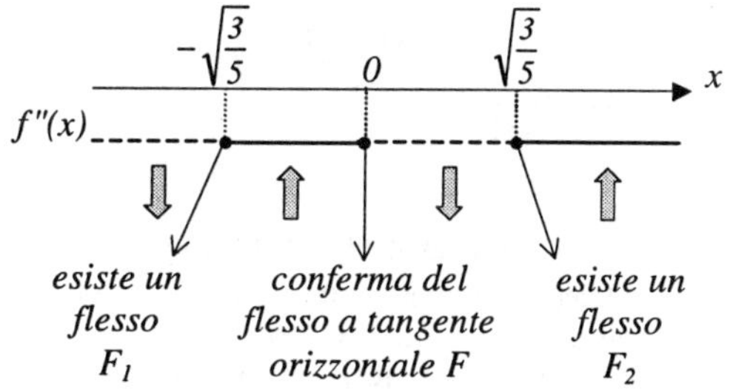

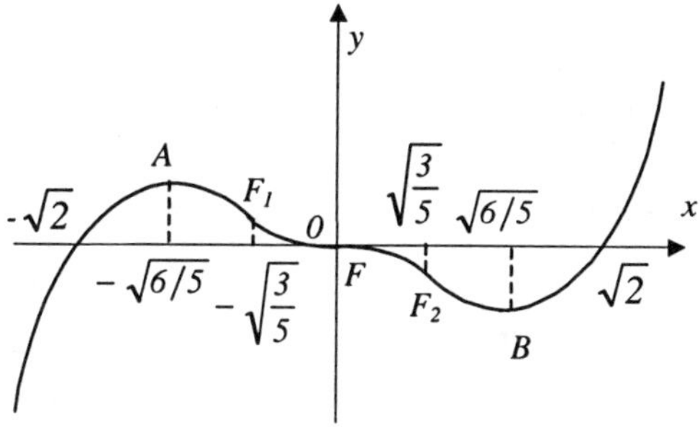

$$y_{F1} = y\left(-\sqrt{\frac{3}{5}}\right) = -\sqrt{\left(\frac{3}{5}\right)^5} + 2\sqrt{\left(\frac{3}{5}\right)^3} \approx 0.65$$

$$y_{F2} = y\left(\sqrt{\frac{3}{5}}\right) = \sqrt{\left(\frac{3}{5}\right)^5} - 2\sqrt{\left(\frac{3}{5}\right)^3} \approx -0.65$$

5.11.3 Studiare la funzione $y = \frac{(x-2)^3}{x|x|}$

<u>Campo di Esistenza (C.E.)</u>: $\rightarrow \{\forall x \in R : x \neq 0\}$

$$y=\frac{(x-2)^3}{x|x|}=\begin{cases}\dfrac{(x-2)^3}{x^2} & per\ x>0\\ -\dfrac{(x-2)^3}{x^2} & per\ x<0\end{cases}$$

<u>Studio del segno della funzione e intersezioni con l'asse *x*:</u>

Il polinomio *x* - 2 decide il segno della funzione → per *x* > 2 la funzione acquista valori positivi, per *x* = 2 si annulla. Per *x* < *0* il segno si inverte a causa del meno che precede la frazione. Rappresentazione del segno

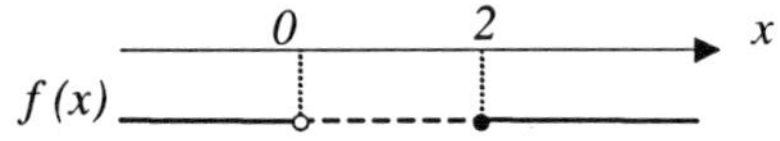

<u>Comportamento della funzione nell'intorno di *x* = *0*</u>

$$\lim_{x\to 0^+}\frac{(x-2)^3}{x^2}=-\infty \qquad \lim_{x\to 0^-}\frac{(-x+2)^3}{x^2}=+\infty$$

<u>Comportamento della funzione per $x\to\pm\infty$.</u>

$$\lim_{x\to+\infty}\frac{x^3-6x^2+12x-8}{x^2}=\lim_{x\to+\infty}\left(x-6+\frac{12}{x}-\frac{8}{x^2}\right)=+\infty$$

$$\lim_{x\to-\infty}\frac{-x^3+6x^2-12x+8}{x^2}=\lim_{x\to-\infty}\left(-x+6-\frac{12}{x}+\frac{8}{x^2}\right)=+\infty$$

<u>Ricerca degli asintoti obliqui</u>

Per $x\to+\infty$ si ha

$$m = \lim_{x \to +\infty} \frac{x^3 - 6x^2 + 12x - 8}{x^3} = \lim_{x \to +\infty} \left(1 - \frac{6}{x} + \frac{12}{x^2} - \frac{8}{x^3} \right) = 1$$

$$n = \lim_{x \to +\infty} \left(\frac{x^3 - 6x^2 + 12x - 8}{x^2} - x \right) = \lim_{x \to +\infty} \left(\frac{-6x^2 + 12x - 8}{x^2} \right) = -6$$

L'equazione dell'asintoto sarà $y = x - 6$.

Per $x \to -\infty$

$$m = \lim_{x \to -\infty} \frac{-x^3 + 6x^2 - 12x + 8}{x^3} = \lim_{x \to -\infty} \left(-1 + \frac{6}{x} - \frac{12}{x^2} + \frac{8}{x^3} \right) = -1$$

$$n = \lim_{x \to -\infty} \left(\frac{-x^3 + 6x^2 - 12x + 8}{x^2} + x \right) = \lim_{x \to -\infty} \left(\frac{6x^2 - 12x + 8}{x^2} \right) = 6$$

L'asintoto sarà $y = -x + 6$.

<u>Studio della derivata prima</u>

Per $x > 0$ si ha

$$y' = \frac{3(x-2)^2 x^2 - (x-2)^3 2x}{x^4} = (x-2)^2 \frac{3x - (x-2)2}{x^3} =$$

$$y' = \frac{(x-2)^2 (x+4)}{x^3}.$$ Per $x < 0$ sarà $$y' = -\frac{(x-2)^2 (x+4)}{x^3}$$

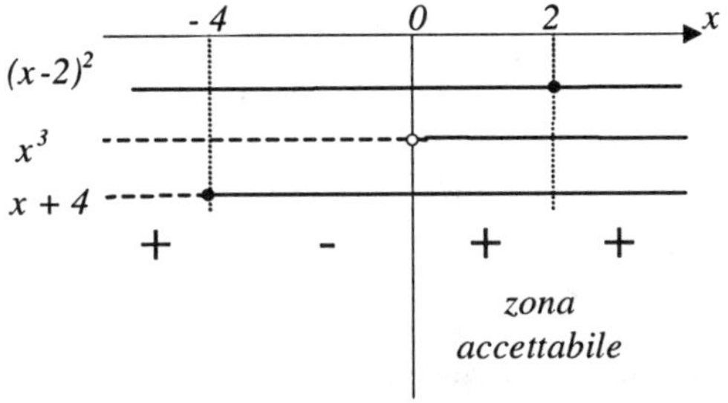

Nella zona con $x < 0$ occorre invertire il segno risultante.

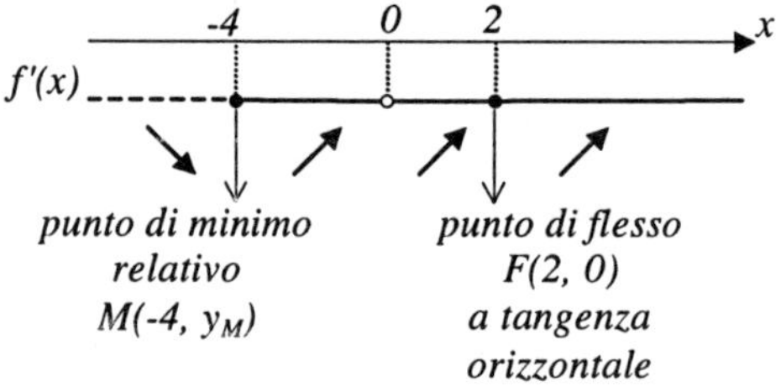

$$y_M = y(-4) = -\frac{(-4-2)^3}{(-4)^2} = \frac{27}{2} = 13.5$$

La rappresentazione grafica sarà

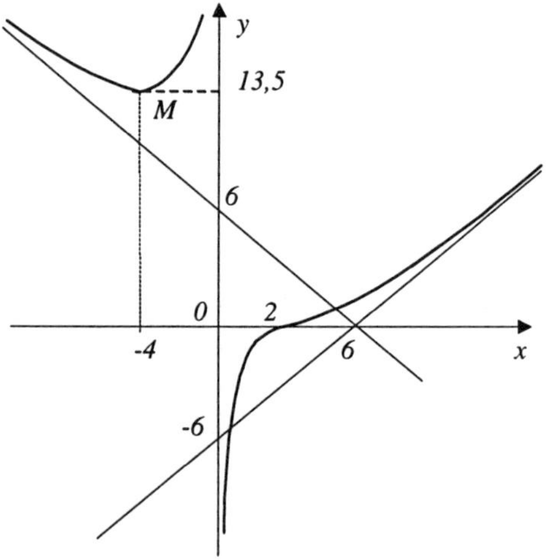

La derivata seconda non aggiunge altre informazioni a quelle già note. Per $x > 0$ si ha

$$y''=\frac{\left[2(x-2)(x+4)+(x-2)^2\right]x^3-3x^2(x-2)^2(x+4)}{x^6}=$$

$$y''=x^2(x-2)\frac{[2x+8+x-2]x-3\left(x^2+2x-8\right)}{x^6}=$$

$y''=24\dfrac{x-2}{x^4}$. Per $x<0$ sarà $y''=-24\dfrac{x-2}{x^4}$

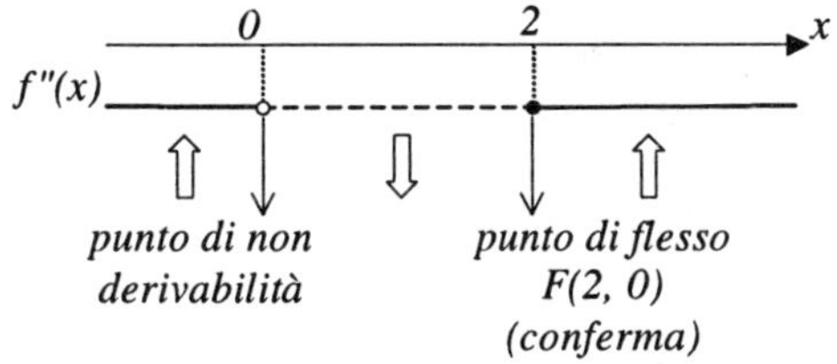

5.11.4 Studiare la funzione $y = (\mid x \mid - x + 1)\, e^x$

<u>Campo di Esistenza (C.E.)</u> : $\rightarrow \{\forall x \in R\}$

$$y=(\mid x\mid-x+1)e^x=\begin{cases} e^x & per\ x\geq 0 \\ (-2x+1)e^x & per\ x<0 \end{cases}$$

<u>Studio del segno della funzione e intersezioni con gli assi</u>

La funzione è positiva per ogni x e non esistono valori che lo annulla.
L'intersezione con l'asse y è $y(0) = 1$.

<u>Comportamento della funzione per $x \rightarrow \pm\infty$</u>.

$$\lim_{x\to+\infty} e^x=+\infty$$

$$\lim_{x\to-\infty}(-2x+1)e^x=\lim_{x\to-\infty}\frac{-2x+1}{e^{-x}}=\lim_{x\to-\infty}\frac{2}{e^{-x}}=0$$

Studio della derivata prima

Essendo $y'((-2x+1)\,e^x) = -2\,e^x + (1-2x)\,e^x = -(1+2x)\,e^x$ sarà

$$y' = \begin{cases} e^x & per\ x>0 \\ -(2x+1)e^x & per\ x<0 \end{cases}$$

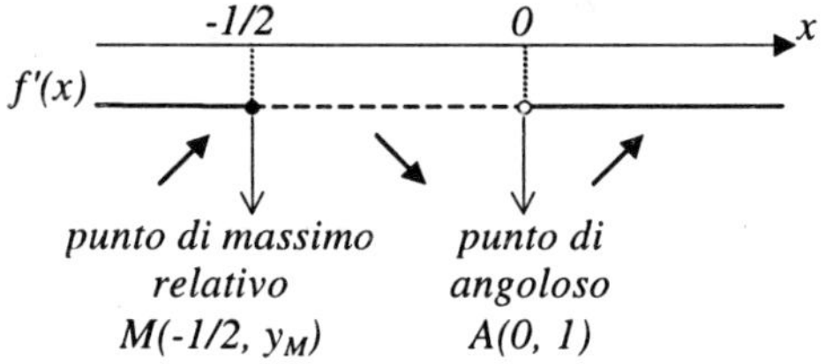

$$y\left(-\frac{1}{2}\right) = 2\,e^{-1/2} = \frac{2}{\sqrt{e}} \approx 1.21$$

Si noti come $\lim_{x \to 0^+} e^x = 1$, $\lim_{x \to 0^-} \left[-(2x+1)\,e^x\right] = -1 \rightarrow$ la funzione presenterà, per $x = 0$, un punto angoloso.

Studio della derivata seconda

Derivando la y' si ottiene

$y''(-(2x+1)\,e^x) = -[\,2\,e^x + (1+2x)\,e^x\,] = -(3+2x)\,e^x$ si ha

$$y'' = \begin{cases} e^x & per\ x>0 \\ -(2x+3)e^x & per\ x<0 \end{cases} \qquad -3-2x \geq 0 \rightarrow x \leq -3/2$$

e quindi

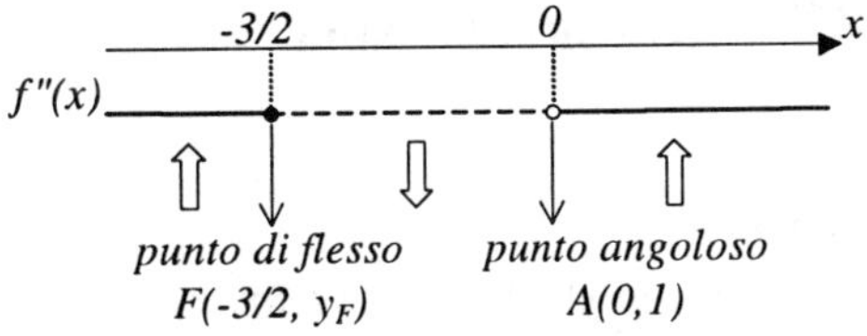

$$y\left(-\frac{3}{2}\right) = y_F = \left(2\frac{3}{2}+1\right)e^{-3/2} = \frac{4}{\sqrt{e^3}} \approx 0.89$$

La rappresentazione sarà

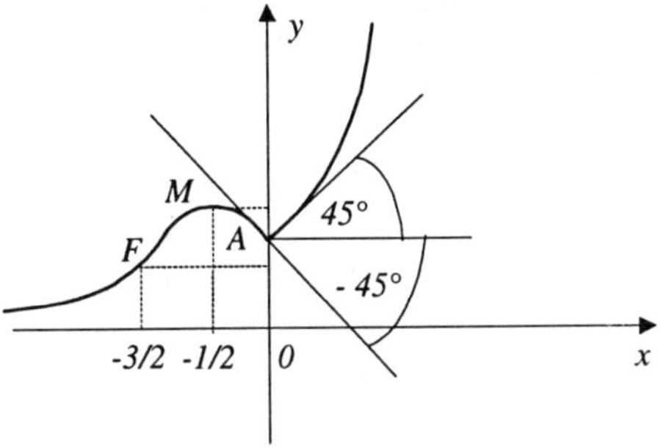

Le rette tangenti al punto angoloso hanno equazioni: a destra $y = x + 1$, a sinistra $y = -x + 1$.

6 INTEGRALE INDEFINITO

6.1 Elementi introduttivi

Data una funzione $y = f(x)$ diremo che $F(x)$ è una ***primitiva*** di $f(x)$ se accade $F'(x) = f(x)$. Una funzione è primitiva di $f(x)$ se ha per derivata la funzione data.
Se $F(x)$ è una primitiva di $f(x)$ lo saranno anche tutte le funzioni del tipo $P(x) = F(x) + C$, quelle che differiscono da $F(x)$ per una costante additiva C. Accade infatti $P'(x) = F'(x) = f(x)$. Si può dunque associare alla funzione $y = f(x)$ una famiglia di funzioni che hanno per derivata la $f(x)$. Le funzioni appartenenti a questa famiglia risultano tutte traslate fra loro lungo l'asse y di una costante C.

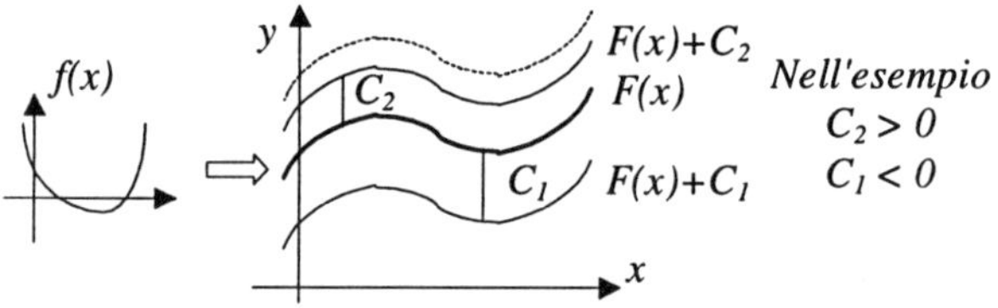

Chiameremo ***integrale indefinito*** *di $f(x)$ la famiglia di primitive* $F(x) + C$ individuata dalla funzione $f(x)$ e scriveremo:

$$\int f(x)\,dx = F(x) + C$$

Partendo dalla definizione si possono far scaturire le ***proprietà***:

1) $\int F'(x)dx = F(x) + C$

2) $\int dF(x) = F(x) + C$ essendo $dF(x) = F'(x)\,dx = f(x)\,dx$

3) $d\int f(x)\,dx = f(x)\,dx$

4) $\frac{d}{dx}\int f(x)\,dx = D\int f(x)\,dx = f(x)$

5) $\int k\,f(x)dx = k\int f(x)\,dx = k\,[F(x) + C]$

dove k è un parametro indipendente da x

6) $\int [f(x) \pm g(x)]\,dx = \int f(x)\,dx \pm \int g(x)\,dx$

Si noti che: $\int [f(x) \cdot g(x)]\,dx \neq \int f(x)\,dx \cdot \int g(x)\,dx$

$$\int \frac{f(x)}{g(x)}dx \neq \frac{\int f(x)\,dx}{\int g(x)\,dx}.$$

METODI DI INTEGRAZIONE

6.2 Integrazione diretta

Si tratta di individuare con un "riconoscimento diretto" una funzione primitiva, una funzione che ha come derivata la $f(x)$.

Esempio: $\int 8\,sen\,x\cos x\;dx = 4\,sen^2\,x + C$

La tabella degli ***integrali notevoli*** riporta le principali primitive delle funzioni più utilizzate.

Note: $m, n \in N$, $k \in R^+$, $a \in \{R^+ - 1\}$, $b \in \{R - 0\}$).

$$\int dx = x + C \qquad \int x\,dx = \frac{x^2}{2} + C$$

$$\int x^n\,dx = \frac{x^{n+1}}{n+1} + C \qquad \int \frac{1}{x}\,dx = ln\,|\,x\,| + C$$

$$\int e^x dx = e^x + C \qquad \int a^x dx = \frac{a^x}{ln\,a} + C$$

$$\int sen\,x\,dx = -cos\,x + C \qquad \int cos\,x\,dx = sen\,x + C$$

$$\int \sqrt[m]{x^n}\,dx = \frac{m}{n+m}\,x^{\frac{n}{m}+1} + C$$

$$\int \frac{1}{sen^2\,x}\,dx = -cotg\;x + C \qquad \int \frac{1}{cos^2\,x}\,dx = tgx + C$$

$$\int \frac{1}{\sqrt{1-x^2}}\,dx = arcsen\,x + C \qquad \int \frac{1}{\sqrt{k^2-x^2}}\,dx = arcsen\frac{x}{k} + C$$

$$\int \frac{1}{1+x^2}\,dx = arctg\;x + C \qquad \int \frac{1}{b^2+x^2}\,dx = \frac{1}{b}\,arctg\,\frac{x}{b} + C$$

$$\int \frac{x}{\sqrt{b+x^2}}\,dx = \sqrt{b+x^2} + C \qquad \int \frac{x}{\sqrt{k-x^2}}\,dx = -\sqrt{k-x^2} + C$$

$$\int tgx\,dx = -ln\,|\,cos\,x\,| + C \qquad \int cotg\,x\,dx = ln\,|\,sen\,x\,| + C$$

$$\int \frac{1}{b^2-x^2}\,dx = \frac{1}{2b}\,ln\left|\frac{b+x}{b-x}\right| + C$$

$$\int \frac{1}{\sqrt{x^2 \pm b^2}}\,dx = ln\,|\,x + \sqrt{x^2 \pm b^2}\,| + C$$

$$\int \sqrt{b^2 - x^2}\, dx = \frac{1}{2}(b^2 \, arcsen \frac{x}{b} + x\sqrt{b^2 - x^2}) + C$$

$$\int \sqrt{b^2 + x^2}\, dx = \frac{x}{2}\sqrt{b^2 + x^2} + \frac{b^2}{2} ln(x + \sqrt{b^2 + x^2}) + C$$

$$\int sen^2 x\, dx = \frac{1}{2}(x - sen\, x \cos x) + C$$

$$\int cos^2 x\, dx = \frac{1}{2}(x + sen\, x \cos x) + C$$

$$\int \frac{1}{sen\, x} dx = ln\left| tg\frac{x}{2} \right| + C = ln| cosec\, x - cotg\, x | + C$$

$$\int \frac{1}{cos\, x} dx = ln| sec\, x + tg x | + C$$

$$\int senh\, x\, dx = cosh\, x + C \qquad \int cosh\, x\, dx = senh\, x + C$$

$$\int \frac{1}{senh^2 x} dx = -cotgh\, x + C \qquad \int \frac{1}{cosh^2 x} dx = tgh\, x + C$$

6.3 Integrazione per scomposizione

Il metodo consiste nell'elaborare la funzione in modo da scomporre l'integrale in più integrali.

ESEMPI SVOLTI

1) $$\int \frac{x^3 + \sqrt{x} + 1}{x} dx = \int x^2 dx + \int x^{-1/2} dx + \int \frac{1}{x} dx =$$

$$\frac{x^3}{3} + 2\sqrt{x} + ln| x | + C$$

2) $\int (4\cos^2 x + \cos x + 1) dx = 2\int \cos 2x\, dx + \int \cos x\, dx + 3\int dx =$

$= sen2x + senx + 3\,x + C$

6.4 Integrazione per sostituzione

L'integrazione per sostituzione prevede il cambiamento, per mezzo di una posizione del tipo *(1)* $x = g(t)$ o del tipo *(2)* $h(x) = t$, della variabile rispetto alla quale si integra. Il metodo si applica quando detta sostituzione porta allo sviluppo di un integrale più semplice di quello assegnato.
In particolare

1) $x = g(t) \Rightarrow dx = g'(t)\, dt \quad \Rightarrow \quad \int f(x)\, dx = \int f[\, g(t)]\; g'(t)\, dt$

2) $h(x) = t \Rightarrow h'(x)\, dx = dt \Rightarrow dx = dt/h'(x) \;\Rightarrow$

$$\int f(x)\, dx = \int \frac{f(x)}{h'(x)}\, dt = \int s(t)\, dt$$

ESEMPI SVOLTI:

1) $I = \int \sqrt{3 - x^2}\, dx = \sqrt{3}\, \int \sqrt{1 - \frac{x^2}{3}}\, dx$

si pone $\frac{x}{\sqrt{3}} = sent \Rightarrow \frac{1}{\sqrt{3}}\, dx = cost\; dt \quad \Rightarrow \quad dx = \sqrt{3}\cos t\; dt$

$I = 3\int \sqrt{1 - sen^2 t}\; \cos t\; dt = 3\, \int \cos^2 t\; dt =$

$= 3\int \frac{1 + \cos 2t}{2}\, dt = \frac{3}{2}\, t + \frac{3}{2}\int \cos 2t\; dt$

si pone $2t = w \Rightarrow 2\, dt = dw \Rightarrow dt = dw/2$

$I = \frac{3}{2}t + \frac{3}{4}\int \cos w\; dw = \frac{3}{2}t + \frac{3}{4}\; sen\, 2t + C =$

$$= \frac{3}{2} arcsen \frac{x}{\sqrt{3}} + \frac{x}{2}\sqrt{3-x^2} + C$$ essendo $sen\ 2t = 2\ sent\ cost$

2) $I = \int \sqrt[3]{sen^4\ 2x}\ cos\,2x\ dx$

si pone $sen2x = t \Rightarrow 2\ cos2x\ dx = dt \Rightarrow dx = \dfrac{dt}{2\,cos\,2x}$

$$I = \int \sqrt[3]{t^4}\ cos\,2x \frac{dt}{2\,cos\,2x} = \frac{1}{2}\int \sqrt[3]{t^4}\,dt =$$

$$= \frac{1}{2}\,\frac{3}{7}\,t^{7/3} + C = \frac{3}{14}\sqrt[3]{sen^7\ 2x} + C$$

6.5 Integrazione per parti

Il metodo consiste nell'applicare all'integrale assegnato la formula

$$\Rightarrow \quad \int g(x)\ dh(x) = g(x)h(x) - \int h(x)\ dg(x)$$

decidendo così di sviluppare l'integrale del secondo membro che, in questo caso, si presuppone più facile di quello del primo membro.

La formula si può ricavare rilevando che

$d(g\ h) = g\ dh + h\ dg \Rightarrow g\ dh = d(g\ h) - h\ dg$ e quindi

$$\int g\ dh = g\ h - \int h\ dg$$

L'applicazione di tale metodo risulta particolarmente semplice quando l'integrale si presenta nella forma

$$\int g(x)h'(x)dx = \int g(x)dh(x)$$

quando cioè si riconosce $h'(x)$ come la derivata di una funzione primitiva $h(x)$.

1) $I = \int x^2\, sen\,x\, dx = -\int x^2\, d\cos x =$

$= -\left(x^2 \cos x - \int \cos x\, dx^2\right) = -x^2 \cos x + 2\int x \cos x\, dx =$

$-x^2 \cos x + 2\int x\, d\, sen\,x =$

$-x^2 \cos x + 2\left(x\, sen\,x - \int sen\,x\, dx\right) =$

$-x^2 \cos x + 2x\, sen\,x + \cos x + C$

2) $I = \int e^x\, sen\,x\, dx = -\int e^x\, d\cos x =$

$-\left(e^x \cos x - \int \cos x\, de^x\right) = -e^x \cos x + \int e^x \cos x\, dx =$

$= -e^x \cos x + \int e^x d\, sen\,x =$

$= -e^x \cos x + e^x\, sen\,x - \int sen\,x\, de^x =$

$I = -e^x \cos x + e^x\, sen\,x - \int e^x\, sen\,x\, dx$

Nota: il secondo membro presenta l'integrale I richiesto. E' possibile dunque scrivere

$$2I = -e^x \cos x + e^x\, sen\,x + C \Rightarrow I = \frac{e^x}{2}\left(sen\,x - \cos x\right) + C$$

6.6 Integrazione di funzioni razionali fratte

Si tratta di eseguire l'integrale $I = \int f(x)\, dx$ quando la funzione $f(x)$ è del tipo

$$f(x) = \frac{g(x)}{h(x)} \quad \text{con} \quad \begin{array}{l} g(x) = a_0 x^n + a_1 x^{n-1} + \ldots + a_n \\ h(x) = b_0 x^m + b_1 x^{n-1} + \ldots + b_m \end{array}.$$

Se $n \geq m$ la frazione può essere scritta $\frac{g(x)}{h(x)} = q(x) + \frac{r(x)}{h(x)}$, dove $q(x)$ è il quoziente del rapporto $g(x)/h(x)$ ed $r(x)$ il resto, e l'integrale diventa $I = \int q(x)dx + \int \frac{r(x)}{h(x)} dx = I_1 + I_2$.

Il primo integrale risulta semplice da sviluppare. Il secondo è un integrale di una funzione razionale fratta con il grado del numeratore inferiore a quello del denominatore $(n < m)$.

Tra questi distingueremo i casi:

1) $$I = \int \frac{k}{ax+b} dx = \frac{k}{a} \ln | x + \frac{b}{a} | + C$$

2) $$I = \int \frac{k}{(ax+b)^n} dx = \frac{k}{a^n} \frac{\left(x + b/a\right)^{-n+1}}{-n+1} + C$$

3) $$I = \int \frac{k}{ax^2+b} dx = \frac{k}{\sqrt{ab}} arctg \sqrt{\frac{a}{b}} x + C$$

4) Si dimostra che per $n \geq 1$ si ha

$$\int \frac{1}{(x^2+1)^{n+1}} dx = \frac{x}{2n(x^2+1)^n} + \frac{2n-1}{2n} \int \frac{1}{(x^2+1)^n} dx$$

e procedendo per induzione si ottiene:

$$\int \frac{1}{(x^2+b)^2} dx = \frac{x}{2(x^2+1)} + \frac{1}{2} arctg\, x + C$$

$$\int \frac{1}{(x^2+b)^3} dx = \frac{x}{4(x^2+1)^2} + \frac{3}{4}\left[\frac{x}{2(x^2+1)} + \frac{1}{2} arctg\, x\right] + C$$

ecc.

5) $$I = \int \frac{kx+h}{ax^2+bx+c} dx = \qquad \text{(con } b^2 - 4ac < 0)$$

$$= \frac{k}{2a}\int\frac{2ax+b}{ax^2+bx+c}\,dx+\left(\frac{2ah-bk}{2a}\right)\int\frac{dx}{ax^2+bx+c}=$$

$$= \frac{k}{2a}I_1+\left(\frac{2ah-kb}{2a}\right)I_2$$

dove $I_1 = ln\,|\,ax^2+bx+c\,|+C_1$

$$I_2 = \frac{2}{\sqrt{4ac-b^2}}\int\frac{dt}{1+t^2} \quad con\ t=\frac{2ax+b}{\sqrt{4ac-b^2}}$$

e quindi $I_2 = \frac{2}{\sqrt{4ac-b^2}}\,arctg\frac{2ax+b}{\sqrt{4ac-b^2}}+C_2$

$$I = \frac{k}{2a}ln\,|\,ax^2+bx+c\,|+\frac{2ah-bk}{a\sqrt{4ac-b^2}}\,arctg\frac{2ax+b}{\sqrt{4ac-b^2}}+C$$

6) In particolare se $k = 0$ e $h = 1$ con $b^2 - 4ac < 0$ si ha

$$I = \int\frac{dx}{ax^2+bx+c}=\frac{2}{\sqrt{4ac-b^2}}\,arctg\frac{2ax+b}{\sqrt{4ac-b^2}}+C$$

7) Se $k = 1$ e $h = 0$ con $b^2 - 4ac < 0$

$$I = \int\frac{x\,dx}{ax^2+bx+c}=$$

$$= \frac{1}{2a}ln\,|\,ax^2+bx+c\,|-\frac{b}{a\sqrt{4ac-b^2}}\,arctg\frac{2ax+b}{\sqrt{4ac-b^2}}+C$$

8) $I = \int\frac{k\,x+h}{\left(x^2+bx+c\right)^n}\,dx =$ (con $b^2 - 4c < 0$)

Si dimostra che, ponendo $x + b/2 = p\,t$, si ottiene

$$I = \frac{-k}{2(n-1)(x^2+bx+c)^{n-1}} + \frac{h-\frac{kb}{2}}{p^{2n-1}} \int \frac{1}{(t^2+1)^n}\, dt$$

Nota: l'ultimo integrale si risolve come illustrato al punto *n. 4.*

9) Denominatore con *n* **radici reali e distinte** $I = \int \frac{r(x)}{h(x)}\, dx \cdot$

Il polinomio *h(x)* può essere scritto nella forma scomposta $h(x) = p\,(x - s_1)\,(x - s_2)\,\ldots\,(x - s_n)$ (dove le s_i sono gli *n* valori che annullano il denominatore*)*. L'integrale *I* si trasforma in una somma di integrali

$$I = \frac{1}{p} \int \left(\frac{a_1}{x - s_1} + \frac{a_2}{x - s_2} + \ldots + \frac{a_n}{x - s_n} \right) dx$$

con risultato finale

$$I = (\, a_1 \ln(x-s_1) + a_2 \ln(x-s_2) + \ldots + a_n \ln(x-s_n)\,)\,/\,p + C$$

La ricerca dei parametri $a_1, a_2, \ldots, a_n$ va effettuata risolvendo un sistema costruito confrontando il numeratore della frazione *N(x) / D(x)*, dove

$N(x) = a_1\,(x-s_2)\,\ldots\,(x-s_n) + a_2\,(x-s_1)\,\ldots\,(x-s_n) + a_n\,(x-s_1)\,\ldots\,(x-s_{n-1})$

$D(x) = (x - s_1)\,(x - s_2)\,\ldots\,(x - s_n)$, con il polinomio *r(x)*.

ESEMPIO SVOLTO

$$I = \int \frac{6x^2 + x - 3}{x^3 - x}\, dx = \int \left(\frac{a}{x} + \frac{b}{x-1} + \frac{c}{x+1} \right) dx$$

sviluppando il polinomio si ottiene

$$\frac{a}{x} + \frac{b}{x-1} + \frac{c}{x+1} = \frac{a(x^2-1) + b(x^2+x) + c(x^2-x)}{x^3 - x} =$$

$$\frac{(a+b+c)x^2+(b-c)x-a}{x^3-x} \Rightarrow \begin{cases} a+b+c=6 \\ b-c=1 \\ a=3 \end{cases} \Rightarrow \begin{cases} a=3 \\ b=2 \\ c=1 \end{cases}$$

$$I=\int\left(\frac{3}{x}+\frac{2}{x-1}+\frac{1}{x+1}\right)dx=$$

$$=3\ln|x|+2\ln|x-1|+\ln|x+1|+C$$

10) Denominatore con *n* **radici reali e multiple**

$$I=\int\frac{r(x)}{h(x)}\,dx$$

In questo caso il denominatore si scompone nella forma $h(x) = p(x - s_1)^{m_1}(x - s_2)^{m_2}\ldots(x - s_p)^{m_n}$ (dove m_i rappresenta la molteplicità della soluzione s_i e dove $m_1+ m_2+\ldots+ m_p = n$).
La risoluzione dell'integrale segue un procedimento simile a quello riportato nel caso precedente.
Un esempio illustra la situazione:

$$I=\int\frac{x^2+2x-1}{(x-1)^3(x+1)}\,dx=$$

$$I=\int\left[\frac{a_1}{(x-1)^3}+\frac{a_2}{(x-1)^2}+\frac{a_3}{(x-1)}+\frac{b}{x+1}\right]dx$$

$$\frac{a_1(x+1)+a_2(x^2-1)+a_3(x-1)^2(x+1)+b(x-1)^3}{(x-1)^3(x+1)}$$

$$=\frac{P(x)}{(x-1)^3(x+1)}\quad con$$

$$P(x) = (a_3 + b)\,x^3 + (a_2 - a_3 - 3b)\,x^2 + (a_1 - a_3 + 3b)\,x + a_1 - a_2 + a_3 - b$$

$$\Rightarrow \begin{cases} a_3 + b = 0 \\ a_2 - a_3 - 3b = 1 \\ a_1 - a_3 + 3b = 2 \\ a_1 - a_2 + a_3 - b = -1 \end{cases} \Rightarrow \begin{cases} a_1 = 1 \\ a_2 = 3/2 \\ a_3 = -1/4 \\ b = 1/4 \end{cases}$$

$$I = \frac{-1}{2(x-1)^2} + \frac{-3}{2(x-1)} - \frac{\ln(x-1)}{4} + \frac{\ln(x+1)}{4} + C$$

11) Denominatore con **radici complesse semplici**

$$I = \int \frac{r(x)}{h(x)}\, dx$$

In questo caso il denominatore si può scrivere nella forma $h(x) = p(x)$ $s(x)$ dove $p(x)$ è un polinomio con radici reali mentre $s(x)$ ha radici complesse.
Un esempio illustra la situazione:

$$I = \int \frac{2x^2 + 1}{(x-1)(x^2 - x + 1)}\, dx$$

$$\frac{2x^2 + 1}{(x-1)(x^2 - x + 1)} = \frac{a}{x-1} + \frac{bx + c}{x^2 - x + 1} =$$

$$= \frac{(a+b)x^2 + (c-b-a)x + a - c}{(x-1)(x^2 - x + 1)} \quad \Rightarrow$$

$$\begin{cases} a + b = 2 \\ c - b - a = 0 \\ a - c = 1 \end{cases} \Rightarrow \begin{cases} a = 3 \\ b = -1 \\ c = 2 \end{cases}$$

$$I = 3\int \frac{dx}{x-1} + \int \frac{-x+2}{x^2 - x + 1}\, dx = 3\ln|x-1| + I_2 + C$$

La risoluzione dell'integrale I_2 segue la via illustrata nel caso 5.

12) Denominatore con n **radici complesse multiple**

$$I = \int \frac{r(x)}{h(x)}\, dx$$

Un esempio illustra la situazione

$$I = \int \frac{x^4+1}{x^6+3x^4+3x^2+1}\, dx = \int \frac{x^4+1}{(x^2+1)^3}\, dx$$

Si pone $\quad \frac{a_1x+b_1}{x^2+1} + \frac{a_2x+b_2}{(x^2+1)^2} + \frac{a_3x+b_3}{(x^2+1)^3} =$

$$\frac{(a_1x+b_1)(x^4+2x^2+1)+(a_2x+b_2)(x^2+1)+a_3x+b_3}{(x^2+1)^3} =$$

$$\frac{a_1x^5+b_1x^4+(2a_1+a_2)x^3+(2b_1+b_2)x^2+(a_1+a_2+a_3)x+b_1+b_2+b_3}{(x^2+1)^3}$$

Confrontando il numeratore di questa frazione con quello da integrare si ottiene $a_1 = 0,\ b_1 = 1,\ a_2 = 0,\ b_2 = -2,\ a_3 = 0,\ b_3 = 2$. L'integrale diventa

$$I = \int \frac{x^4+1}{(x^2+1)^3}\, dx = \int \frac{dx}{x^2+1} - 2\int \frac{dx}{(x^2+1)^2} + 2\int \frac{dx}{(x^2+1)^3}$$

Il primo integrale è $arctg\, x + c$; gli altri due si possono risolvere con il metodo illustrato al punto *n. 4.*

6.7 Tabella di integrali con termini irrazionali

1) $\int \sqrt[m]{(ax+b)^n}\, dx = \frac{m}{a(n+m)} \sqrt[m]{(ax+b)^{m+n}} + C$

con $m \in N\text{-}\{0,1\}$, $n \in Z\text{-}\{0\}$

2) $\int x\sqrt{ax+b}\, dx = \frac{6ax-4b}{15a^2} \sqrt{(ax+b)^3} + C$

12) $\int \frac{x}{\sqrt{ax+b}}\,dx = \frac{2ax-4b}{3a^2}\sqrt{ax+b} + C$

13) $\int x\sqrt{x^2 \pm a^2}\,dx = \frac{1}{3}\left(x^2 \pm a^2\right)\sqrt{x^2 \pm a^2} + C$

14) $\int x\sqrt{a^2 - x^2}\,dx = \frac{-1}{3}\left(a^2 - x^2\right)\sqrt{a^2 - x^2} + C$

15) $\int \frac{\sqrt{a^2 - x^2}}{x}\,dx = \sqrt{a^2 - x^2} - a\ln\left|\frac{a + \sqrt{a^2 - x^2}}{x}\right| + C$

16) $\int \frac{x}{\sqrt{x^2 \pm a^2}}\,dx = \sqrt{x^2 \pm a^2} + C$

17) $\int \frac{dx}{x\sqrt{x^2 + a^2}} = -\frac{1}{a}\ln\left|\frac{a + \sqrt{x^2 + a^2}}{x}\right| + C$

18) $\int \frac{x}{x^2\sqrt{x^2 + a^2}}\,dx = -\frac{\sqrt{x^2 + a^2}}{a^2 x} + C$

19) $I = \int \frac{1}{\sqrt{ax^2 + bx + c}}\,dx$

La risoluzione dell'integrale I si ottiene ponendo

$$t = x + \frac{b}{2a},\quad k^2 = \frac{|\Delta|}{4a^2} \qquad \text{con } \Delta = b^2 - 4ac,$$

trasformando il polinomio del radicale

$$ax^2 + bx + c = a\left[\left(x + \frac{b}{2a}\right)^2 \pm k^2\right] \qquad (\text{segno + se } \Delta < 0, \text{ - se } \Delta > 0)$$

e riconducendo l'integrale ad una delle forme riportate nella tabella degli integrali notevoli, si ha

$$I = \frac{1}{\sqrt{a}} \int \frac{1}{\sqrt{t^2 \pm k^2}}\, dt \qquad \text{dove } dt = dx$$

$$I = \frac{1}{\sqrt{a}} \ln \left| x + \frac{b}{2a} + \sqrt{\left(x + \frac{b}{2a}\right)^2 \pm \frac{|b^2 - 4ac|}{4a^2}} \right| + C$$

20) $$I = \int \frac{Ax + B}{\sqrt{ax^2 + bx + c}}\, dx = \frac{A}{2a} I_1 + \left(B - \frac{Ab}{2a}\right) I_2$$

dove $I_1 = \int \frac{2ax + b}{\sqrt{ax^2 + bx + c}}\, dx = \sqrt{ax^2 + bx + c} + C$

e dove $I_2 = \int \frac{dx}{\sqrt{ax^2 + bx + c}}$ si ottiene sviluppando l'integrale come nel caso precedente.

6.8 Tabella di integrali con funzioni trigonometriche inverse

1) $\int arcsen x\, dx = x\, arcsen x + \sqrt{1 - x^2} + C$

2) $\int arccos x\, dx = x\, arccos x - \sqrt{1 - x^2} + C$

3) $\int arctg\, x\, dx = x\, arctg\, x - \frac{1}{2} \ln\left(1 + x^2\right) + C$

4) $\int arccotg\, x\, dx = x\, arccotg\, x + \frac{1}{2} \ln\left(1 + x^2\right) + C$

5) $\int x\, arcsen x\, dx = \frac{2x^2 - 1}{4}\, arcsen x + \frac{x\sqrt{1 - x^2}}{4} + C$

6) $\int x\, arccos x\, dx = \frac{2x^2 - 1}{4}\, arccos x - \frac{x\sqrt{1 - x^2}}{4} + C$

7) $\int x\, arctg\, x\; dx = \frac{1+x^2}{2}\, arctg\, x - \frac{x}{2} + C$

8) $\int x\, arccotg\, x\; dx = \frac{1+x^2}{2}\, arccotg\, x + \frac{x}{2} + C$

6.9 Tabella di integrali con funzioni iperboliche

1) $\int x\, senh\, x\; dx = x\, cosh\, x - senh\, x + C$

2) $\int x\, cosh\, x\; dx = x\, senh\, x - cosh\, x + C$

3) $\int \frac{1}{senh\, x}\, dx = ln\left| tgh\frac{x}{2} \right| + C$

4) $\int \frac{1}{cosh\, x}\, dx = 2\, arctg\, e^x + C$

5) $\int tgh\, x\; dx = ln\, |\, cosh\, x\, | + C$

6) $\int cotgh\, x\; dx = ln\, |\, senh\, x\, | + C$

7) $\int arcsenh\, x\; dx = x\, arcsenh\, x - \sqrt{x^2+1} + C$

8) $\int arccosh x\; dx = x\, arccosh x \mp \sqrt{x^2-1} + C$

segno - per $arccosh\, x > 0$ segno + per $arccosh\, x < 0$

9) $\int arctgh\, x\; dx = x\, arctgh\, x + \frac{1}{2}\, ln\left| x^2 - 1 \right| + C$

10) $\int arccotgh\, x\; dx = x\, arccotgh\, x + \frac{1}{2}\, ln\left| x^2 - 1 \right| + C$

Esercizi di verifica

Risolvere i seguenti integrali con il metodo consigliato.

- Per scomposizioni

1) $\int (x^2 + x - 1)^2 \, dx$

2) $\int \left(\sqrt{x^3} + \frac{1}{\sqrt{x}} + x^4 + 2 \right) dx$

3) $\int \frac{x^2 - \sqrt[4]{x^3} + x}{\sqrt{x}} \, dx$

4) $\int (sen\, 2x + 3 \cos x + x) dx$

5) $\int \frac{1 - 4\, sen^2 x}{2\, sen\, x + 1} \, dx$

- Per sostituzioni

6) $\int x\, e^{3x^2} \, dx$

7) $\int \sqrt{sen^3 x} \cos x \, dx$

8) $\int \frac{3x + 1}{3x^2 + 2x + 1} \, dx$

9) $\int \frac{1}{\sqrt{1 - 3x^2}} \, dx$

10) $\int \frac{x}{\sqrt{1 + x^2}} \, dx$

- Per parti

11) $\int x \ln x \, dx$

12) $\int 2x\, e^x \, dx$

13) $\int x\, sen\, x \, dx$

14) $\int x^3 e^x \, dx$

15) $\int x^2 \ln x \, dx$

Soluzioni

1) $\frac{x^5}{5}+\frac{x^4}{2}-\frac{x^3}{3}-x^2+x+C$

2) $\frac{2}{5}\sqrt{x^5}+2\sqrt{x}+\frac{x^5}{5}+2x+C$

3) $\frac{2}{5}\sqrt{x^5}+\frac{4}{5}\sqrt[4]{x^5}+\frac{2}{3}\sqrt{x^3}+C$

4) $\frac{-1}{2}\cos 2x+3\,sen\,x+\frac{x^2}{2}+C$

5) $x+2\cos x+C$

6) $\frac{1}{6}e^{3x^2}+C$

7) $\frac{2}{5}\sqrt{sen^5\,x}+C$

8) $\frac{1}{2}\ln\left|3x^2+2x+1\right|+C$

9) $\frac{1}{\sqrt{3}}arcsen\left(\sqrt{3}x\right)+C$

10) $\sqrt{x^2+1}+C$

11) $\frac{1}{2}\left(x^2\ln x-\frac{x^2}{2}\right)+C$

12) $2\left(xe^x-e^x\right)+C$

13) $-x\cos x+sen\,x+C$

14) $e^x\left(x^3-3x^2+6x-6\right)+C$

15) $\frac{1}{3}\left(x^3\ln x-\frac{x^3}{3}\right)+C$

7 INTEGRALE DEFINITO

7.1 Elementi introduttivi

Data una funzione $y = f(x)$ *continua* nell'intervallo chiuso $I = [a\,,\,b]$ e considerata una *suddivisione* di I in n sottointevalli del tipo

$$I_1 = [a,\, x_1]\,,\ I_2 = [x_1, x_2]\,,\ \ldots,\ I_n = [x_{n-1}\,,\, b]$$

chiameremo:

- $inf\,[f(x)_{x\in Ii}]$ il valore minimo che la funzione assume nell'intervallo generico I_i;
- $sup\,[f(x)_{x\in Ii}]$ il valore massimo che $f(x)$ assume in I_i;
- $$s_{nm} = \sum_{i=1}^{n} (\, x_i - x_{i-1}\,)\ inf\,[\, f(\,x\,)\,]_{x\in Ii}$$

  somma inferiore, dove $x_0 = a$ e $x_n = b$ (l'interpretazione geometrica di s_{nm}, nel caso di una $f(x) > 0$ per $\forall\, x \in [a\,,\,b]$, porta alla somma delle aree di tutti i rettangoli, ottenute moltiplicando gli incrementi $(x_i - x_{i-1})$ per il valori minimi assunti dalla funzione entro i relativi intervalli);
- $$s_{nM} = \sum_{i=1}^{n} (\, x_i - x_{i-1}\,)\ sup\,[\, f(\,x\,)\,]_{x\in Ii}$$

  somma superiore (l'interpretazione geometrica di s_{nM}, come visto per s_{nm}, conduce alla somma delle aree dei rettangoli che hanno per base gli incrementi Δx_i e per altezze i valori massimi assunti dalla funzione entro i vari intervalli);

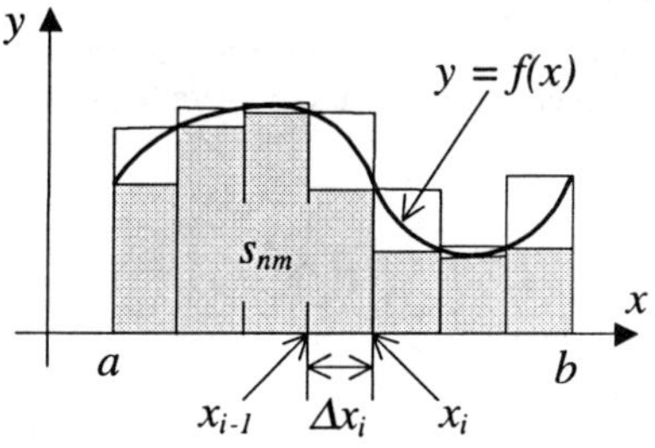

- $s_n = \sum_{i=1}^{n} (x_i - x_{i-1})[f(x_{in})]_{xin \in Ii}$

  la somma ottenuta scegliendo, internamente ad ogni intervallo I_i, una generica ascissa x_{in} $(x_{1-i} < x_{in} < x_i)$.

Date le definizioni, risultano vere, per ogni $n \in N$, le disuguaglianze $s_{nm} \leq s_n \leq s_{nM}$. E' possibile inoltre notare come, per $n' > n$, accade $s_{nm} \leq s_{n'm} \leq s_{n'M} \leq s_{nM}$.
Chiameremo, nel caso che le due somme s_{nm} ed s_{nM} convergono, per $n \to +\infty$, allo stesso valore, **integrale definito** da a a b di $f(x)$ in dx, il limite

$$\int_a^b f(x)dx = \lim_{n \to +\infty} s_{nm} = \lim_{n \to +\infty} s_n = \lim_{n \to +\infty} s_{nM}$$

$$\int_a^b f(x)dx = \lim_{\substack{n \to +\infty \\ \Delta x \to 0}} \sum_{i=1}^{n} f(x_{in})\Delta x_i$$

Diremo quindi che una funzione $f(x)$ è integrabile in $[a,b]$ secondo *Riemann* se per $\forall$ (ogni) $\varepsilon > 0$ piccolo a piacere $\exists$ (esiste) n_ε tale che $\forall n > n_\varepsilon$ accade $|s_{nm} - s_{nM}| < \varepsilon$.

7.2 Proprietà dell'integrale definito

Siano $f(x)$ e $g(x)$ due funzioni continue nell'intervallo chiuso di integrazione e k un numero reale. Risultano vere le proprietà:

- $$\int_a^a f(x)\,dx = 0$$
- $$\int_a^b f(x)\,dx = -\int_b^a f(x)\,dx$$
- $$\int_a^b f(x)\,dx = \int_a^c f(x)\,dx + \int_c^b f(x)\,dx$$
  (con a, b, c tre punti dell'intervallo di integrazione)
- $$\int_a^b [\,f(x) \pm g(x)\,]\,dx = \int_a^b f(x)\,dx \pm \int_a^b g(x)\,dx$$
- $$\int_a^b k\,f(x)\,dx = k\int_a^b f(x)\,dx$$

7.3 Teorema di Torricelli

Data una funzione $y = f(x)$ continua nell'intervallo chiuso di integrazione ed una funzione $\Phi(x)$

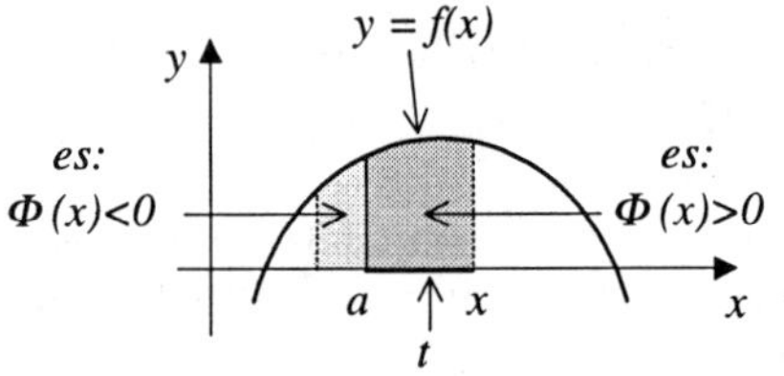

$$\Phi(x) = \int_a^x f(t)\,dt$$

ottenuta rendendo variabile l'estremo superiore di integrazione, accade:

$$\Phi'(x) = f(x) \quad \textit{(tesi del teorema di Torricelli).}$$

La funzione $\Phi(x)$, costruita come illustrata dalla rappresentazione grafica, risulta appartenere alla famiglia delle primitive della funzione $y = f(x)$.

Si potrà dunque scrivere $F(x) = \Phi(x) + k$ dove $F(x)$ è una generica primitiva di $f(x)$ e k una costante opportuna.

Da quanto detto scaturisce che

$$F(b) = \int_a^b f(x)\,dx + k \quad , \qquad F(a) = k \quad \Rightarrow$$

$$\Rightarrow \qquad \int_a^b f(x)\,dx = F(b) - F(a)$$

Alcuni esempi:

1) $$\int_1^3 x^2 dx = \left[\frac{x^3}{3}\right]_1^3 = \frac{1}{3}\left(3^3 - 1^3\right) = \frac{26}{3}$$

primitiva (riferito a $\frac{x^3}{3}$)

2) $$\int_1^2 x \, sen\, x^2 \; dx$$ ponendo $x^2 = t$ si ottiene $2\,x\,dx = dt$ e quindi

$$\int_1^2 x\,sen\,x^2 \; dx = \frac{1}{2}\int_1^4 sen\,t \; dt = \frac{1}{2}\left[-cos\,t\right]_1^4 = -\frac{1}{2}(cos\,4 - cos\,1)$$

Nota: il metodo della sostituzione prevede una nuova sistemazione dei due estremi di integrazione. Essendo $x^2 = t$ si ha:

per $x = 1 \rightarrow t = 1$ e per $x = 2 \rightarrow t = 4$

3) $$\int_1^2 \ln x \, dx = [x \ln x]_1^2 - \int_1^2 x \frac{1}{x} \, dx = [x \ln x]_1^2 - [x]_1^2 =$$
$$= 2 \ln 2 - 1 \ln 1 - (2 - 1) = 2 \ln 2 - 1$$

7.4 Calcolo delle aree

La ricerca di un'area S che ha per confine una funzione $y = f(x)$ si ottiene integrando opportunamente la funzione data. Si riporta di seguito un elenco di situazioni possibili:

1)

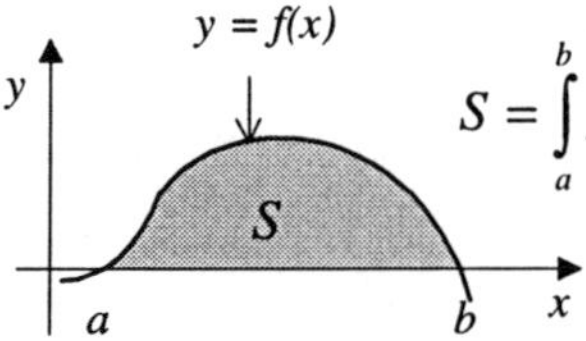

$$S = \int_a^b f(x) \, dx$$

2)

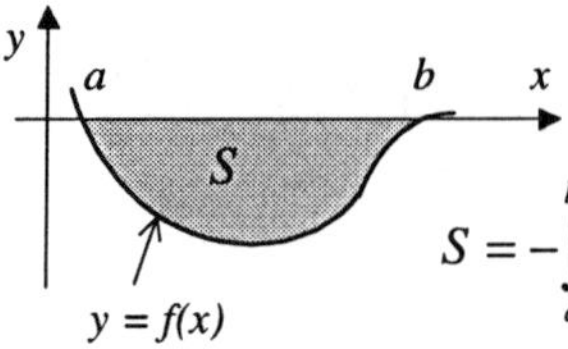

$$S = -\int_a^b f(x) \, dx$$

3)

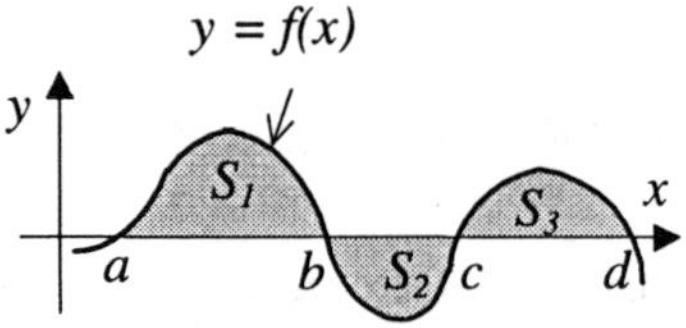

$S = S_1 + S_2 + S_3$

$$S = \int_a^b f(x)\,dx - \int_b^c f(x)\,dx + \int_c^d f(x)\,dx$$

Nota: l'integrale $\int_a^d f(x)\,dx$ fornisce, nell'esempio, $S_1 - S_2 + S_3$

4) 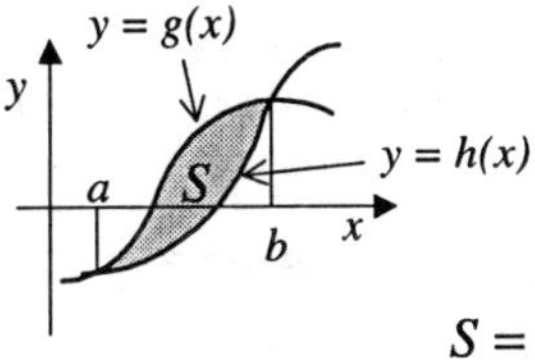

$$S = \int_a^b [\,g(x) - h(x)]\,dx$$

5) 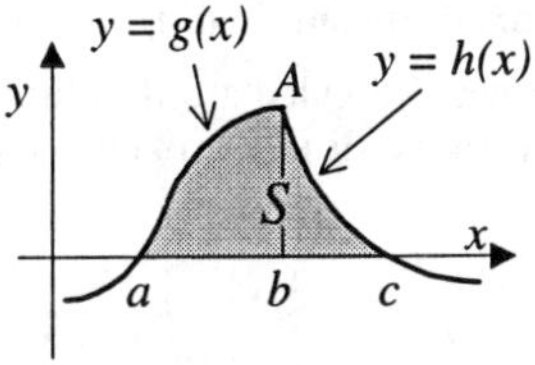

$$S = \int_a^b g(x)dx + \int_b^c h(x)dx$$

Nota: il punto A è, nell'esempio, un punto angoloso della funzione $f(x) = \begin{cases} g(x) \text{ per } x \le b \\ h(x) \text{ per } x > b \end{cases}$

Ecc.

Esempi

Nota sugli esempi: S_R è una possibile area di riferimento.

1) 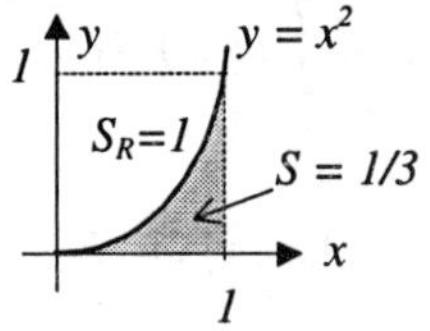

L'area S tra la parabola $y = x^2$ e l'asse x nell'intervallo $[0, 1]$ è:

$$I = \int_0^1 x^2 \, dx = \left[\frac{x^3}{3} \right]_0^1 = \frac{1}{3}$$

2) 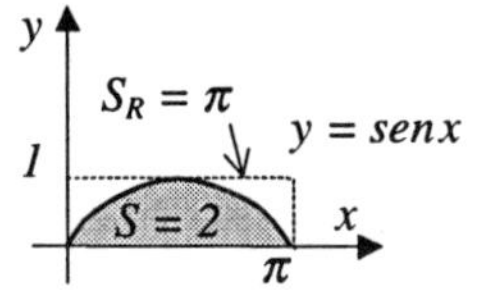

L'area tra la funzione sinusoidale $y = sen\,x$ e l'asse x nell'intervallo $[0, \pi]$ risulta:

$$I = \int_0^\pi sen\,x \, dx = -[\cos x]_0^\pi =$$

$$= -(-1-1) = 2$$

7.5 Calcolo del volume di un solido di rotazione

L'integrale che segue permette di calcolare il volume del solido ottenuto facendo ruotare l'immagine di una funzione $y = f(x)$ intorno all'asse x:

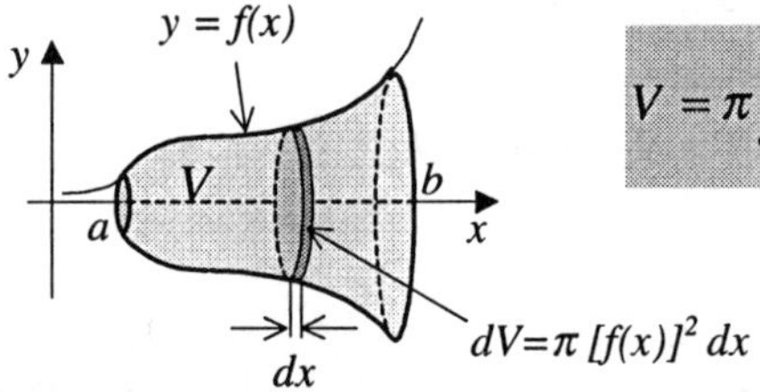

$$V = \pi \int_a^b [f(x)]^2 \, dx$$

Si tratta di integrare gli elementi di volume $dV = \pi\,[f(x)]^2\,dx$ dall'estremo a fino a b.

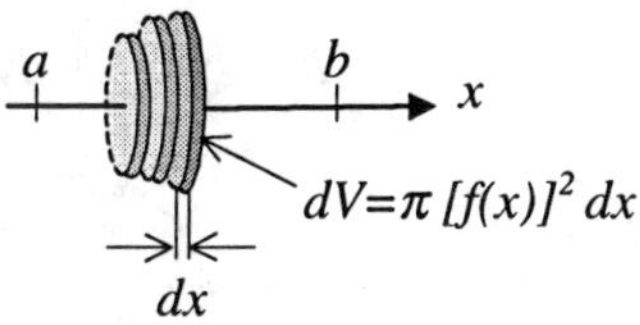

Esempi

1) Volume di un cono

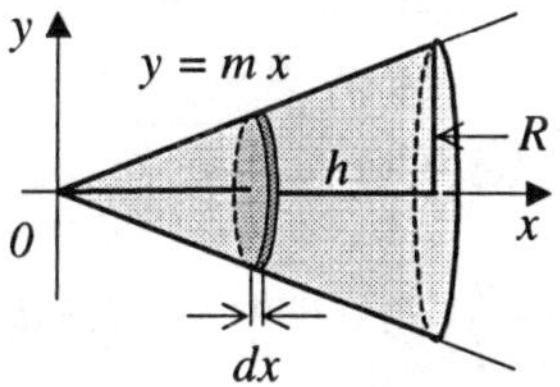

se $m = R/h$ si ha

$$V = \pi \int_0^h \left(\frac{R}{h} x \right)^2 dx =$$

$$\pi \frac{R^2}{h^2} \left[\frac{x^3}{3} \right]_0^h = \pi \frac{R^2}{3} h$$

2) Volume di un cilindro

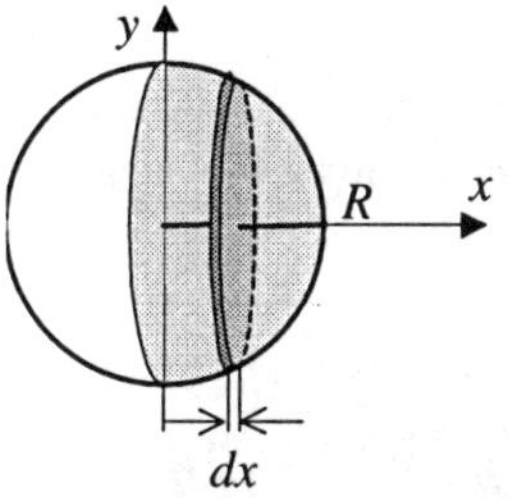

$$V = 2\pi \int_0^R \left(\sqrt{R^2 - x^2} \right)^2 dx =$$

$$= 2\pi \int_0^R \left(R^2 - x^2 \right) dx = 2\pi \left[R^2 x - \frac{x^3}{3} \right]_0^R =$$

$$= 2\pi \left(R^2 R - \frac{R^3}{3} \right) = \frac{4}{3} \pi R^3$$

7.6 Calcolo della lunghezza di un arco

La ricerca della lunghezza l di un arco appartenente ad un piano e descritta, rispetto ad un sistema cartesiano, da una funzione del tipo $y = f(x)$, può essere ottenuta risolvendo l'integrale

$$l = \int_a^b \sqrt{1 + [\, f'(x)]^2}\, dx$$

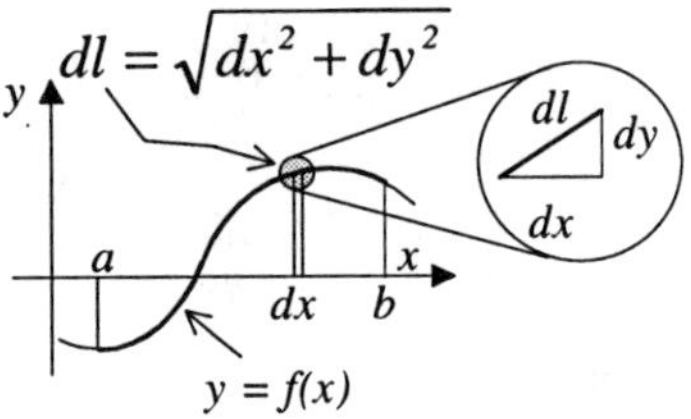

Esempio

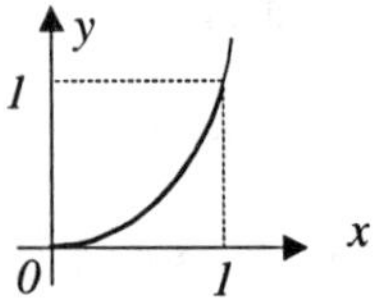

Si desidera cercare l'arco l della curva di equazione $y = \sqrt{x^3}$ da *0* ad *1*. Rilevato che $y' = \frac{3}{2}\sqrt{x}$ si ha $l = \int_0^1 \sqrt{1 + \frac{9}{4}x}\; dx$

Ponendo $1 + \frac{9}{4}x = t$ e quindi $\frac{9}{4}dx = dt$

si ha $\quad l = \frac{4}{9}\int_1^{13/4} \sqrt{t}\; dt = \frac{4}{9}\left[\frac{t^{3/2}}{3/2}\right]_1^{13/4} = \frac{8}{27}\left(\sqrt{\left(\frac{13}{4}\right)^3} - 1\right) \approx 1.44$.

7.7 Valore medio di una funzione

Chiameremo ***valore medio*** $f_m(x)$ di $f(x)$ nell'intervallo $[a, b]$ l'integrale

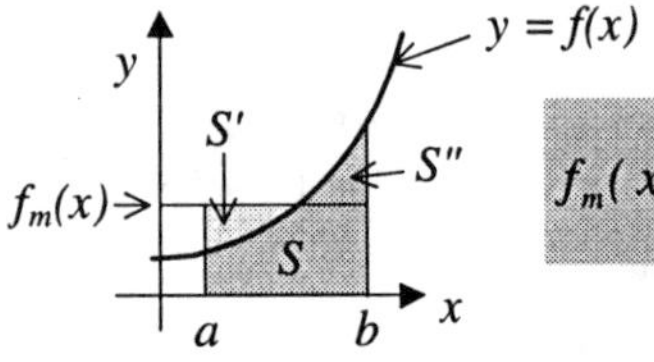

$$f_m(x) = \frac{1}{b-a}\int_a^b f(x)\, dx$$

Se si analizza il caso $f(x)>0$ per $\forall\, x \in [a, b]$ si scopre che l'area del rettangolo $f_m(x)\,(b - a)$ risulta uguale a quella del quadrilatero mistilineo $\int f(x)\, dx$. In questo caso l'area S'' di detto quadrilatero non incluso nel rettangolo sarà uguale a quella S' del rettangolo che non si sovrappone al quadrilatero mistilineo.

Esempi

1)

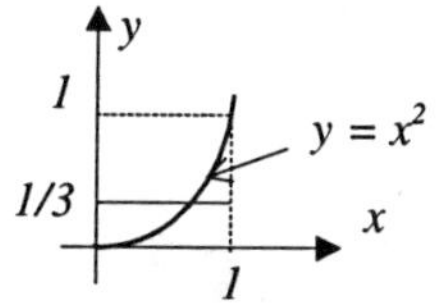

Il valore medio della parabola $y = x^2$ nell'intervallo $[0, 1]$ è:

$$l=\int_0^1 x^2\,dx=\left[\frac{x^3}{3}\right]_0^1=\frac{1}{3}$$

2)

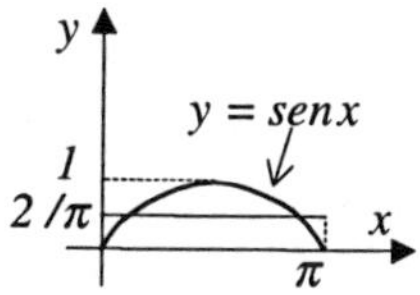

Il valore medio della funzione sinusoidale $y = sen\, x$ nell'intervallo $[0, 2\pi]$ è ovviamente nullo. Quello calcolato per una semionda sarà:

$$l=\frac{1}{\pi}\int_0^{\pi} sen\,x\,dx=-\frac{1}{\pi}\left[\cos x\right]_0^{\pi}=$$

$$l=-\frac{1}{\pi}(-1-1)=\frac{2}{\pi}\approx 0.64$$

7.8 Generalizzazioni

7.8.1 Integrale di una funzione che diverge per $x \to$ estremo di integrazione

L'integrale di una funzione $y = f(x)$ che diverge per x che tende ad un estremo di integrazione α, può essere calcolato sostituendo l'estremo con un'opportuna variabile $\alpha \pm \varepsilon$ *(con* $\varepsilon > 0$*)* ed eseguendo il limite della funzione risultante per $\varepsilon \to 0$.

Casi possibili:

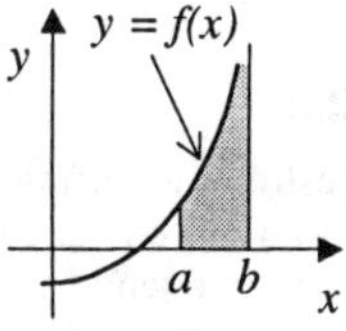

$$\int_a^b f(x)\,dx=\lim_{\varepsilon\to 0}\int_a^{b-\varepsilon} f(x)dx$$

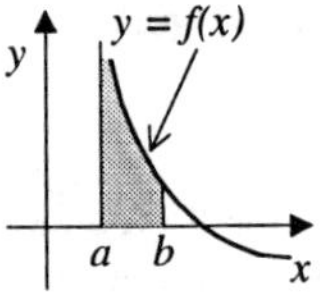

$$\int_a^b f(x)\,dx = \lim_{\varepsilon\to 0}\int_{a+\varepsilon}^{b} f(x)dx$$

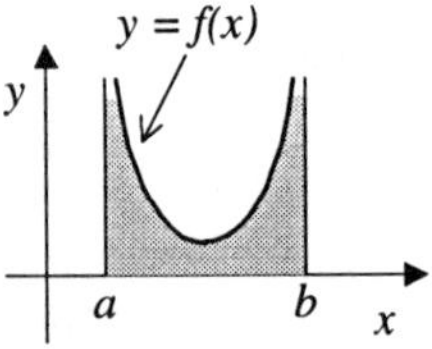

$$\int_a^b f(x)\,dx = \lim_{\varepsilon\to 0}\int_{a+\varepsilon}^{b-\varepsilon} f(x)dx$$

Note:

- il carattere del risultato (finito o infinito) dipende dal tipo di funzione;
- ai tre casi esposti si possono affiancare altre possibilità ottenute dalla divergenza negativa della funzione ($\lim_{x\to\alpha} f(x) = -\infty$).

Esempi:

1) $$\int_0^1 \frac{1}{x}\,dx = \lim_{\varepsilon\to 0^+}\int_\varepsilon^1 \frac{1}{x}dx = \lim_{\varepsilon\to 0^+}\left[\ln x\right]_\varepsilon^1 = -\lim_{\varepsilon\to 0^+}\ln\varepsilon = +\infty$$

2) $$\int_0^1 \frac{1}{x^2}\,dx = \lim_{\varepsilon\to 0^+}\int_\varepsilon^1 \frac{1}{x^2}dx = -\lim_{\varepsilon\to 0^+}\left[\frac{1}{x}\right]_\varepsilon^1 = -\lim_{\varepsilon\to 0^+}\left(1-\frac{1}{\varepsilon}\right) = +\infty$$

3) $$\int_0^1 \frac{1}{\sqrt{x}}\,dx = \lim_{\varepsilon\to 0^+}\int_\varepsilon^1 \frac{1}{\sqrt{x}}dx = 2\lim_{\varepsilon\to 0^+}\left[\sqrt{x}\right]_\varepsilon^1 = 2\lim_{\varepsilon\to 0^+}\left(1-\sqrt{\varepsilon}\right) = 2$$

7.8.2 Integrali estesi ad intervalli illimitati

La ricerca di un integrale con uno dei due estremi all'infinito si ottiene effettuando il calcolo per un intervallo limitato ed eseguendo opportunamente il limite per l'estremo interessato che tende all'infinito.

Casi possibili:

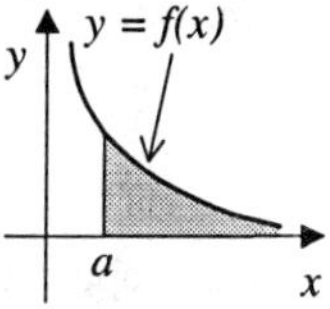

$$\int_{a}^{+\infty} f(x)\,dx = \lim_{\beta \to +\infty} \int_{a}^{\beta} f(x)dx$$

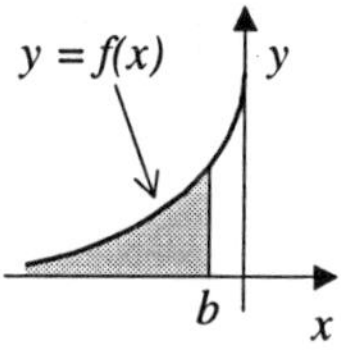

$$\int_{-\infty}^{b} f(x)\,dx = \lim_{\alpha \to -\infty} \int_{\alpha}^{b} f(x)dx$$

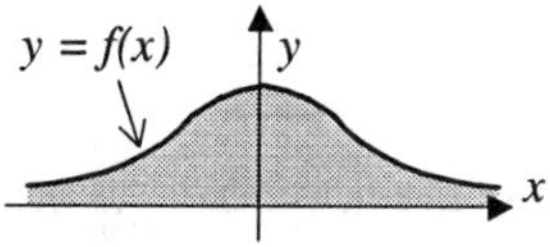

$$\int_{-\infty}^{+\infty} f(x)\,dx = \lim_{\substack{\alpha \to -\infty \\ \beta \to +\infty}} \int_{\alpha}^{\beta} f(x)dx$$

Note:

- anche in questo tipo di integrale il risultato può essere sia finito che infinito;
- le rappresentazioni grafiche dei tre casi illustrati si riferiscono a funzioni positive nell'intervallo di integrazione.

Esempi:

1) $$\int_{1}^{+\infty} \frac{1}{x}\,dx = \lim_{\beta \to +\infty} \int_{1}^{\beta} \frac{1}{x}dx = \lim_{\beta \to +\infty} \left[ln\,x\right]_{1}^{\beta} = \lim_{\beta \to +\infty} ln\,\beta = +\infty$$

2) $$\int_{1}^{+\infty} \frac{1}{x^2}\,dx = \lim_{\beta \to +\infty} \int_{1}^{\beta} \frac{1}{x^2}dx = -\lim_{\beta \to +\infty} \left[\frac{1}{x}\right]_{1}^{\beta} = -\lim_{\beta \to +\infty} \left(\frac{1}{\beta} - 1\right) = 1$$

3) $$\int_1^{+\infty} \frac{1}{\sqrt{x}}\, dx = \lim_{\beta \to +\infty} \int_1^{\beta} \frac{1}{\sqrt{x}}\, dx = 2 \lim_{\beta \to +\infty} \left[\sqrt{x}\right]_1^{\beta} = 2 \lim_{\beta \to +\infty} \left(\sqrt{\beta} - 1\right) = +\infty$$

ESERCIZI DI VERIFICA

Trovare l'area compresa tra le curve elencate e l'asse x rappresentando opportunamente la situazione

N.	funzione	intervallo
1)	$y = -x^2 + 2x$	$[0, 2]$
2)	$y = -x^2 + 2x+3$	$[0, 3]$
3)	$y = e^x$	$[0, 1]$
4)	$y = ln x$	$[1, e]$
5)	$y = sen(x + \pi/6)$	$[0, 5\pi/6]$

Trovare i volumi dei solidi di rotazione ottenuti ruotando di 2π le funzioni elencate intorno all'asse x.

N.	funzione	intervallo	nome assegnato al solido
6)	$y = 2$	$[0, 4]$	cilindro con $R = 2$ ed $h = 4$
7)	$y = \sqrt{x}$	$[0, 1]$	paraboloide
8)	$y = x^2$	$[-1, 1]$	clessidra parabolica
9)	$y = sen x$	$[0, \pi]$	uovo sinusoidale
10)	$y = x^3 - x$	$[-1, 1]$	

1) $S = 4/3$

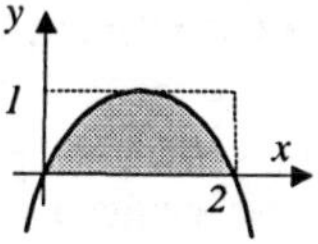

2) $S = 9$

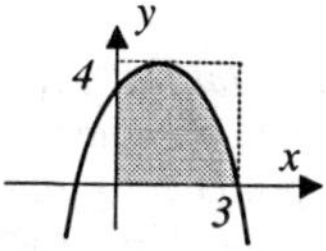

3) $S = e - 1$

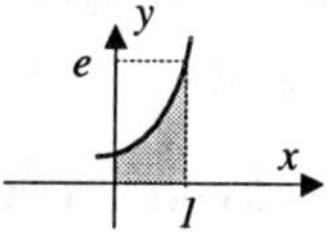

4) $S = 1$

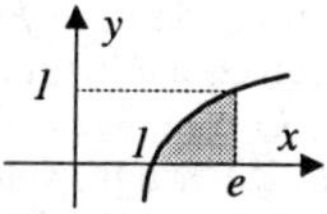

5) $S = 1 + \frac{\sqrt{3}}{2}$

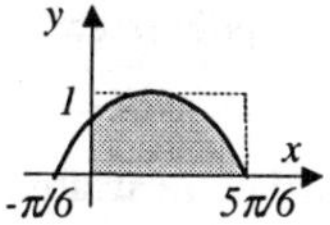

6) $16\,\pi$ 7) $\pi / 2$

8) $2\,\pi / 5$ 9) $\pi^2 / 2$

10) $16\,\pi / 105$

8 ALCUNI CENNI SULLE EQUAZIONI DIFFERENZIALI

Nota introduttiva: per una trattazione completa della problematica si consiglia di consultare un testo specifico sulle equazioni differenziali.

8.1 Elementi introduttivi

Chiameremo ***equazione differenziale*** *di ordine n* un'equazione del tipo $F(x, y, y', y'', \dots, y^{(n)}) = 0$ che ha come incognita una funzione $y = f(x)$ e dove y' è la derivata prima della funzione y, y'' la derivata seconda e così via fino alla derivata $y^{(n)}$ di ordine n.
Diremo che $y = f(x)$ è una ***soluzione*** o un *integrale* dell'equazione nell'intervallo I se, per ogni $x \in I$, risulta vera l'identità

$$F(x, f(x), f'(x), f''(x), \dots, f^{(n)}(x)) = 0$$

8.2 Equazioni differenziali del primo ordine

Si tratta di risolvere un'equazione del tipo $F(x, y, y') = 0$. Chiameremo ***soluzione generale*** dell'equazione la funzione $y = f(x, k)$ che rende vera la relazione $F(x, f(x, k), y'(x, k)) = 0$ *indipendentemente dal valore assunto dalla costante k*. Per ogni valore C dato a k l'equazione avrà una ***soluzione particolare*** $y = f(x, C)$.
L'equazione $F(x, y, y') = 0$ può essere anche scritta nella forma $A(x, y)\,dx + B(x, y)\,dy = 0$.

8.2.1 Equazioni differenziali a variabili separate

Le variabili risultano separate quando il termine A dipende solo dalla x e quello B solo dalla y. In questo caso l'equazione diventa

$$A(x)\,dx + B(y)\,dy = 0$$

e la soluzione si ottiene integrando opportunamente

$$\int A(x)\,dx + \int B(x)\,dy = 0$$

Esempio:

$$\frac{dx}{x} + 2y\ dy = 0 \quad \rightarrow \quad \int \frac{dx}{x} + \int 2y\ dy = 0 \quad \rightarrow \quad ln|\,x\,| + y^2 = k.$$

La famiglia di curve $ln|\,x\,| + y^2 = k$ rappresenta la soluzione generale dell'equazione differenziale. Le singole soluzioni possono essere ricavate sfruttando delle condizioni aggiuntive.
Es: la condizione $f(1,1) = 1$ implica $k = 1$ e quindi permette di individuare la soluzione $ln|\,x\,| + y^2 = 1$.

8.2.2 Equazioni differenziali a variabili separabili

Diremo che le variabili sono separabili se l'equazione differenziale può essere scritta nella forma

$$C(x)\ D(y)\ dx + E(x)\ G(y)\ dy = 0$$

La separazione delle variabili si ottiene dividendo ambo i membri per $D(y)\ E(x)$ *(con* $D(Y) \neq 0$ *e* $E(x) \neq 0$*)* e riconducendo l'equazione alla forma vista nel caso precedente:

$$\frac{C(x)}{E(x)}\,dx + \frac{G(y)}{D(y)}\,dy = 0$$

dove $A(x) = C(x)/E(x)$ e $B(y) = G(y)/D(y)$.

Esempio: $(x^2 + 1)y + 3xy^3 \dfrac{dy}{dx} = 0 \;\Rightarrow\; \dfrac{x^2 + 1}{x}dx + 3y^2 dy = 0$

$$\int \left(x + \frac{1}{x} \right) dx + 3\int y^2\ dy = 0 \quad \Rightarrow \frac{x^2}{2} + ln|x| + y^3 = k$$

8.2.3 Equazioni differenziali omogenee

Si tratta di equazioni differenziali del primo ordine che hanno le funzioni $A(x, y)$ e $B(x, y)$ *omogenee dello stesso grado.*
Una funzione $H(x, y)$ si dice *omogenea di grado n* se gode della proprietà $H(kx, ky) = k^n\ H(x, y)$.
Se $A(x, y)$ e $B(x, y)$ sono omogenee dello stesso grado l'equazione differenziale

$$\frac{dy}{dx} = -\frac{A(x,y)}{B(x,y)}$$

può essere scritta come un'equazione a variabili separabili del tipo

$$x\frac{dt}{dx} = L(t) - t$$

Accade infatti che, ponendo $t = y/x$ e sfruttando la proprietà delle funzioni omogenee, si può scrivere

$$L(x,y) = -\frac{A(x,y)}{B(x,y)} = L\left(\frac{y}{x}\right) = L(t)$$

$\rightarrow \quad y = t\,x \rightarrow dy = x\,dt + t\,dx \rightarrow \dfrac{x\,dt + t\,dx}{dx} = L(t)$ e quindi

$\rightarrow \quad x\dfrac{dt}{dx} = L(t) - t \quad \rightarrow \quad \dfrac{dt}{L(t)-t} = \dfrac{dx}{x}$

$\rightarrow$ che si risolve con gli integrali $\displaystyle\int\frac{dt}{L(t)-t} = \int\frac{dx}{x} + k$

8.2.4 Equazioni differenziali lineari

Sono equazioni differenziali lineari del primo ordine quelle che possono essere scritte nella forma

$$\frac{dy}{dx} + \alpha(x)\,y = \beta(x)$$

8.2.4.1 Equazioni differenziali lineari omogenee

L'equazione si dice omogenea se $\beta(x)= 0$. Si tratta di un caso riconducibile al metodo delle variabili separabili

$\dfrac{dy}{y} = -\alpha(x)\,dx \quad \rightarrow \quad ln\,|\,y\,| = -\displaystyle\int\alpha(x)\,dx + k \quad \rightarrow \quad y = c\,e^{-\int\alpha(x)\,dx}$

dove $c = e^k$

8.2.4.2 Equazioni differenziali lineari non omogenee

La soluzione del caso generale si ottiene da quella del caso omogeneo considerando variabile il termine c.

$$y = e^{-\int \alpha(x)\,dx} \left[\int \beta(x)\, e^{-\int \alpha(x)\,dx} dx + k \right]$$

8.3 Equazioni differenziali lineari omogenee del secondo ordine a coefficienti costanti

Sono le equazioni differenziali che si possono scrivere nella forma

$$\frac{d^2 y}{dx^2} + p \frac{dy}{dx} + q\, y = 0$$ con p e q costanti

1) Caso con $p^2 - 4q > 0$

ha soluzione generale $y = k_1\, e^{\lambda_1 x} + k_2\, e^{\lambda_2 x}$

dove $\lambda_{1,2} = \dfrac{-p \pm \sqrt{p^2 - 4q}}{2}$

2) Caso con $p^2 - 4q = 0$

ha soluzione generale $y = e^{\lambda x}(k_1 + k_2 x)$

dove $\lambda = -\dfrac{p}{2}$

3) Caso con $p^2 - 4q < 0$

ha soluzione generale $y = e^{ax}\,[k_1 \cos(bx) + k_2\, sen(bx)]$

dove $a = -\dfrac{p}{2}, \quad b = \dfrac{\sqrt{4q - p^2}}{2}$

Nota: nelle equazioni differenziali del secondo ordine occorrono due condizioni aggiuntive per trovare i valori delle due costanti k_1 e k_2 che individuano la soluzione particolare.

Indice generale